BELISAIRE.

TRAGI·COMEDIE·

DEDIE'E
A MONSEIGNEVR LE COMTE
DE BVRY.

CVRVATA·RESVRGO

A PARIS,

Chez AVGVSTIN COVRBE' Impri-
meur & Libraire ordinaire de Monſeigneur
Frere vnique de ſa Majeſté, en la petite
Salle du Palais, à la Palme.

M. DC. XLI.

AVEC PRIVILEGE DV ROY.

A HAVLT ET PVISSANT SEIGNEVR MESSIRE FRANCOIS DE ROSTAING CHEVALIER COMTE DE BVRY, &c.

MONSEIGNEVR,

Voicy le plus jeune, mais le moins defectueux de mes enfans qui vient encore se jetter entre vos bras, par le dessein qu'il a de se donner tout à vous, & témoigner à vostre grandeur la sincerité de son zele, & la pureté de mon affection. Son aisné a receu de

ã ij

voſtre bonté vn traitement ſi fauorable, que ſon Cadet ne pouuoit ſans ingratitude embraſſer en ſa naiſſance vn autre autel que celuy de voſtre merite. Souffrez donc que l'vn & l'autre ioignent enſemble leurs reconnoiſſances, & que cette égale inclination qui les porte à vous honnorer ſoit également heureuſe auprez de vous. Si le premier dans la vie du Cid vous a fait voir vn tableau de voſtre valeur ; le ſecond par celle de Beliſaire vous mettra deuant les yeux l'image de vôtre vertu, & vous verrez dans tous les deux vn illuſtre portraict de vous meſmes. Il reſte pour prix de voſtre courage que vous receuiez vn iour des mains de nos Roys ce que tous deux ont reçeu de celles de leurs Monarques. Ce sont les vœux, Monseigneur, & du pere & des enfans, qui appuyez de l'honneur de vostre protection se tiendront trop heureux d'estre au nombre de vos creatures, & moy tres-glorieux de porter toute ma vie la qualité,

MONSEIGNEVR,

de

Vostre tres-humble, tres-obeïssant & tres-affectionné seruiteur,
DES-FONTAINES.

AV MESME.

Sonnet.

LLuftre & cher obiect qu'adore ma penſée,
Mes vers pour vous loüer ont trop peu d'orne-
mens.
Et ie crains qu'en faiſant de foibles complimens,
Voſtre rare vertu ne ſoit intereſſée.

Voſtre gloire ne peut eſtre plus rabaiſſée,
Qu'alors que le commun en a des ſentimens,
Il y faut employer les plus beaux mouuemens,
D'vne ame que le Ciel ait touſiours careſſée.

C'eſt pourtant vn deuoir dont ie veux m'acquiter,
Et faire quelque iour hautement éclater
Les nobles qualitez que le Ciel vous partage.

Mais les ſiecles paſſez me rendent enuieux,
Car pour nous enſeigner comme il faut faire hommage
Des hommes comme vous ils en faiſoient des Dieux.

Extraict du Priuilege du Roy.

PAR grace & Priuilege du Roy, il est permis à AVGVSTIN COVRBÉ, Libraire, de faire imprimer vn Liure intitulé, *Belisaire, Tragi-Comedie, Par le Sieur* DES FONTAINES. Et deffences sont faites à toutes personnes, de quelque qualité ou condition qu'elles soient, de l'imprimer, ou le faire imprimer, vendre, ny distribuer, sans le consentement dudit COVRBÉ, & ce durant le temps de sept ans, sur les peines portées par ledit Priuilege. DONNÉ à Paris, le vingtiesme iour de Iuin mil six cens quarante-vn.

Signé LEMOINE.

Acheué d'imprimer pour la premiere fois, le 6. Iuillet mil six cens quarante-vn.

LES ACTEVRS.

IVSTINIAN Empereur de Constantinople.

VITIGEZ, Roy des Goths.

ISKIRION, Prince Danois.

BELISAIRE, General d'Armée sous Iustinian.

NARSE'S, son Lieutenant.

PYRANDRE, Capitaine des Gardes.

DORISTEL, Soldat.

DIOPHANTE, Suiuant de Belisaire.

THEODORE, Imperatrice femme de Iustinian.

SOPHIE, Niepce de Iustinian.

AMALAZONTHE, Princesse de Saxe.

La Scene est à Constantinople.

BELISAIRE.

TRAGI-COMEDIE.

ACTE PREMIER.

SCENE PREMIERE.

IVSTINIAN, THEODORE, SOPHIE, AMALAZONTHE, BELISAIRE, NARSE'S, VITIGE'S, DIOPHANTE, & Deux Gardes.

IVSTINIAN.

 *Euez-vous.*

AMALAZONTHE.

Ah! Seigneur vous estes trop Auguste,
Deuant mon Empereur ce respect est bien iuste,

J'ay perdu mes Eſtats, mon rang l'eſt auec eux,
Et cét abaiſſement ſied bien aux malheureux.

IVSTINIAN.

Non, ie n'écoute rien en l'eſtat où vous eſtes,
Leuez-vous.

AMALAZONTHE.

J'obeïs aux loix que vous me faites,
Et le commandement de voſtre Majeſté
Sert de iuſte pretexte à ma temerité.
Seigneur, quoy que le ſort, nos malheurs & Bellonne,
Pour nous mettre à vos pieds nous arrachét d'vn trône
L'eſpoir d'y remonter encore qu'il ſoit doux,
N'eſt pas ce qui me fait embraſſer vos genoux,
Ie voy ſans deſplaiſir le cours de vos conqueſtes,
Vous pouuez tout prétendre eſtant ce que vous eſtes,
Et malgré leur orgueil les plus ſuperbes Roys,
Pourront ſans deshonneur ſe ſous-mettre à vos loix:
Ie ne demande pas que vos mains liberales
Me rendent mes grandeurs, ny ces pompes Royales,
Qui plaiſoient cy-deuant à mon ambition,
Mon cœur n'eſt plus atteint de cette paſſion,
Vn plus noble deſir aujourd'huy le poſſede,
Il ſera ſatisfait pourueu qu'il me ſuccede,
Et ſon heureux effet eſt le bien le plus doux,

Et toute la faueur que i'espere de vous.
Donc par cette bonté qui vous rend adorable,
Si mon sexe ou mon sang vous est considerable,
Ie conjure à present le plus grand des humains,
Que ces fers que ie vois en de si nobles mains
Passent d'vn Innocent en vne Criminelle,
Ce Prince a combatu, mais ie suis la rebelle,
Qui seule par l'effort de mes traistres appas,
Ay fait impudemment reuolter ses Estats,
Ouy Seigneur, il m'aimoit, & ce braue courage
Eust creu me faire tort s'il vous eust fait hommage,
I'auois sur son esprit vn absolu pouuoir,
Et son amour enfin a trahy son deuoir.
Ne me refusez point, puis qu'icy ma priere
Donne à vostre clemence vne illustre matiere,
Et que pour l'asseurer de sa fidelité,
Ie m'offre pour ostage à vostre Majesté.
Mais si vostre couroux demande vne victime,
I'y consens; punissez son amour, & mon crime,
Au lieu de mon Amant me faisant arrester,
Vous ostez le sujet qui l'a fait reuolter;
Il sera trop puny si ie luy suis rauie,
Ostez luy sa Maistresse, & laissez luy la vie,
Conseruez par ma mort vn homme de son rang,
Et s'il faut sa rançon, payez vous de mon sang.

IVSTINIAN.

Ne vous affligez pas belle & charmante Reine,
Cette rigueur pour vous seroit trop inhumaine,
Et ie croirois faillir, si i'auois accepté
Vne offre si contraire aux Loix de ma bonté,
Quel que soit mon bon-heur, i'y veux ioindre la gloire,
D'auoir sçeu noblement vser de ma victoire,
Ie ne veux point passer pour insolent vainqueur,
Ie redonne les biens pour acquerir le cœur,
Et le Ciel m'est témoin que ie ne fais la guerre,
Que pour mieux establir le repos sur la terre :
Quand i'abaisse quelqu'vn ie le fais iustement ;
Et quand ie puis punir, ie pardonne aysément.

AMALAZONTHE.

Gloire de l'Orient, & l'honneur des Monarques,
En qui l'on voit des Dieux t'at d'immortelles marques,
Quelque ressentiment que ie vous fasse voir ;
Ie ne m'afflige point d'estre en vostre pouuoir ;
Et ce malheur en moy si doucement s'efface,
Que ie crains de pecher en l'appellant disgrace,
Puisque tant de vertus qui reluisent en vous,
Font mesme qu'à present mon sort me semble doux,
Mais Seigneur, si iamais vos bontez adorables,
Vous ont rendu facile enuers des miserables,

Si iamais les regrets, les sanglots, & les pleurs,
Vous ont fait compatir à leurs viues douleurs ;
Deliurez Vitigez, accordez luy sa grace
Par ces mains que j'adore, & ces pieds que j'embrasse,
Ie sçay que vous pouuez vser de la rigueur,
Que peut impunément excercer vn vainqueur,
Mais môstrez nous plutôt qu'e ce siecle où nous sômes,
Les Dieux daignent encor se déguiser en hommes ;
Et qu'ayant quelques fois la foudre dans les mains
Ils ont compassion des larmes des humains,

VITIGES.

Ce propos genereux diuine Amalazonthe,
Veut faire voir icy vôtre gloire & ma honte,
Mais ie ne suis pas lâche au point que de souffrir,
Que vous donniez le prix que vous venez d'offrir ;
Plutôt que m'ordonner que ie vous abandonne,
Qu'on m'ôte mes Estats, mon Sceptre et ma Couronne.
Ie beniray mon sort, mes fers me seront doux,
S'ils me laissent l'honneur de viure auprés de vous.
Madame, les prisons sont des champs Elizées,
Quand vos diuins regards les ont fauorisées,
Au lieu que les Palais où vos yeux ne sont pas,
Ne sont que des enfers où regne le trépas.
Que le Ciel vous soit donc cruel ou fauorable,
Mon sort de vos destins doit estre inseparable,
Mes iours auecque vous me seront precieux,

Et sans vous ie renonce à la clarté des Cieux,
Mais helas ! mes desirs ne sont pas legitimes,
Vos celestes beautez n'ont point part à mes crimes ;
Et la mesme équité me deuroit enseigner
Comme ie dois souffrir que vous deuez regner,
Regnez, separez-vous du mal-heur de mes armes,
Mon amour quoy que grand est fatal à vos charmes,
Et c'est pour reparer vn si sensible tort,
Que i'implore à genoux vostre grace & ma mort.

AMALAZONTHE.

Seigneur,

VITIGES.

Amalazonthe.

THEODORE.

Amour incomparable,

SOPHIE.

Amant infortuné.

NARSES.

Mais amant adorable,
Car c'est heureusement perdre sa liberté,
Que d'estre compagnon de ta captiuité,

BELISAIRE.

Ie plaindrois voſtre ſort illuſtre Amalazonthe,
Si vous ne voyez pas celuy qui vous ſurmonte,
Et mes yeux ne verroient mon bras qu'auec horreur,
S'il vous auoit ſoubs miſe à quelque autre Empereur,
Mais vous ne deuez point enuier ma victoire,
Puis qu'elle n'oſte rien au prix de voſtre gloire,
Vous donnant pour vainqueur vn Prince genereux,
Qui détruit les malheurs, & qui fait les heureux.

IVSTINIAN.

Ouy Princeſſe eſperez, donnez tréue à vos plaintes,
Ma clemence aujourd'huy diſſipera vos craintes,
Et vous témoignera par ma facilité,
Combien ie ſuis modeſte en ma proſperité,
Viuez Amalazonthe; & vous Prince rebelle,
Auſſi fidelle Amant que Vaſſal infidelle,
Apprenez par l'effet que ie vay faire voir,
Qu'il eſt aduantageux d'eſtre ſous mon pouuoir.
Qu'on détache ſes fers.

VITIGES.

Ah! Seigneur mon offence
Les a trop meritez; mais par cette clemence,

Vous voulez témoigner que vostre Majesté
Sçait comme par le fer vaincre par sa bonté,
Ainsi vous triomphez doublement d'vn rebelle,
Cette chaine qu'on m'oste en fait vne nouuelle,
Qui s'offrant à mes sens auec moins de rigueur,
Semble passer icy de mes mains à mon cœur;
Ouy Seigneur desormais ie sçauray reconnoistre,
Estant mon Empereur, que vous estes mon maistre,
Que ie dois releuer d'vn si iuste pouuoir,
Et par vostre vertu i'apprendray mon deuoir.

IVSTINIAN à Belisaire.

Rare honneur de ma Cour, appuy de mon Empire,
Que i'honnore, qu'on craint; mais que chacun admire,
Belisaire en vn mot, tes belles actions,
Qui me rendent vainqueur de tant de nations,
Me semblent demander l'illustre recompence,
Que mon affection prepare à ta vaillance,
Il est iuste, & ie veux ayant bien combatu,
Que ma reconnoissance égale ta vertu,
Approche, et de ma main prēds ces augustes marques,
Dont l'éclat te releue au dessus des Monarques,
Auecque ce pouuoir tes ordres Souuerains
Regiront dessous moy l'Empire des humains;
Ie veux que mes suiets respectent ta puissance,
Qu'à tes commandemens on preste obeyssance,

Et que tous les Guerriers qui combattent pour moy
Dans leurs plus beaux desseins n'agissent que par toy.

THEODORE à part.

Icare audacieux, cette orgueilleuse pompe
Dont le funeste esclat me déplaist & te trompe,
Seront de faux ardens dont les traistres appas
Attireront ta vie au chemin du trespas.

BELISSAIRE.

Quelques nobles effects qu'ait produit ma victoire,
Seigneur, ie treuue assez de salaire en ma gloire,
Sans que vous adjoustiez à ce rare bon-heur
Ces tiltres absolus ny ce supreme honneur
Qui loing de m'obliger exposeront ma vie
Aux atteintes des traits que décochent l'enuie:
Pour ces hautes faueurs prenez d'autres objets,
Permettez que ie viue au rang des vos sujets,
Et par le seul honneur, de franc, & de fidelle
Souffrez que ie vous montre & mõ cœur & mon zele,
Les effets en ce point vous feront accorder
Que ie sçais obeir bien mieux que commander.

IVSTINIAN.

Icy ma volonté s'accorde à ta demande,
Fay donc & l'un & l'autre, obeys & commande

B

Dans le premier effect sur les loix du deuoir,
Et dedans le second celles de ton pouuoir.

SOPHIE.

Heureux commandement puissant démon des armes,
Acheue, ayde à l'amour, & seconde ses charmes,
Conserue Belissaire au point où ie le voy,
Et fay que quelque iour il soit digne de moy.

SCENE II.

THEODORE, SOPHIE, NARSES.

THEODORE.

 E' bien, chers confidens des secrets de mon ame,
Dans mes ressentimens merite-je du blasme?
Et n'ay-ie pas raison de hayr vn ingrat,
Qui par son arrogance attente sur l'Estat?
Vous voyez toutesfois que l'Empereur adore
Ce que si iustement ie deteste & i'abhorre,
Qu'il me rend le mespris de mes propres subjects
Qu'vn insolent me braue & rit de mes projects,

Et quoy que ie m'oppose au dessein qu'il conspire
Qu'il ne luy faut qu'vn pas pour monter à l'Empire,
O honte, ô desespoir ! quoy son ambition
Sera donc triomphante à ma confusion ?
Non, il faut qu'au besoin ma vertu se reueille,
Que i'arme contre luy ma fureur qui sommeille,
Et que du trosne auguste où l'ingrat veut monter,
Ie luy fasse vn ecueil pour le precipiter.
Qu'il meure.

SOPHIE.

Iustes Dieux:

THEODORE.

Narsés veux-tu me plaire ?
Depeche de ce pas, va tuer Belissaire,
A ce cœur insolent que ton bras soit fatal,
M'ostant vn ennemy, deffaits-toy d'vn riual,
Dont la haute faueur à tous deux importune,
Estouffe ma grandeur & nuit à ta fortune,
Employe à cet effet le fer ou le poison;
N'importe & ne crains rien pour cette trahison,
Si tu rends par sa mort ma vangeance assouuie,
Ie sçauray bien sauuer ton honneur, & ta vie:
Va,

NARSES.

Madame,

B ij

THEODORE.

Va, disje, & sans plus discourir,
Ou si tu ne le fais resous-toy de mourir.
Non, arreste, ma hayne a trop de violence
Pour ce coup important, il faut plus de prudence,
Ne precipitons rien, escoute : tu connois
Ce Guerrier redoutable entre tous les Danois.
Ce braue Isquirion qui iadis dans son ame
Conceut en ma faueur vne si viue flame,
Ie l'attens, & ie croy qu'il arriue aujourd'huy,
Il est entreprenant, ie peux beaucoup sur luy,
Et si quelque raison rend son ame incertaine,
Son amour le rendra partizan de ma hayne;
C'est de luy que ie veux vn coup si glorieux,
Il prestera sa main, guide la de tes yeux,
Belissaire est l'object, vostre appuy, ma puissance;
L'vn aura ma faueur, l'autre mon alliance,
Et vous sçaurez tous deux aprés ce noble effet
Comme ie sçais en fin m'acquiter d'vn bien-fait.

NARSES bas.

Il est vray, ce dessein le fait assez paroistre:
Mais ie seray plustost ton ennemy que traistre.

THEODORE.

Ma niepce, c'est icy que vous me ferez voir
Si le sang m'a sur vous donné quelque pouuoir.
Comme à moy deformais cette affaire vous touche,
Il est temps de m'ouurir & le cœur & la bouche,
Afin de tesmoigner qu'ainsi qu'à mes secrets
Vous prenez quelque part en tous mes interests,
Vous deuez occuper le rang de vos ancestres:
Mais si vous n'estouffez l'insolence des traistres,
La couronne est vn droit qu'on viendra vous rauir,
Et bien loing de regner on vous verra seruir.
Voulez-vous empescher ce coup qui vous menace,
Employez vos beautez, employez vostre grace,
Et par tous ces attraits acquerez vous de loing
Vn bras dont la valeur vous defende au besoing;
Le Prince que i'attens est vaillant & fidelle,
Ieune, noble, charmant, la conqueste en est belle,
Et puis l'occasion vous montre ses cheueux:
Mais si vous desirez de respondre à ses vœux,
Il faut qu'Isquirton pour illustre douaire,
Vous donne auparauant le sang de Belisaire;
C'est par ce beau present qu'il vous doit meriter,
Et vostre ambition se doit bien contenter;
Car par ce riche don que vous deuez eslire,
Vn Hymen si charmant vous asseure l'Empire.

SOPHIE.

Quand le sang, & le soing que vous auez de moy,
Ne m'obligeroient pas à ce que ie vous doy,
Mon inclination seroit assez puissante
Pour rendre à vos desirs mon ame obeïssante:
Mais quoy qu'vn bel espoir flatte vostre projet,
Voyez bien quelle teste en doit estre l'objet,
Quel que soit nostre mal le remede est bien pire,
Et son funeste effet nous coustera l'Empire.
Madame excusez moy si i'ay ce sentiment,
Ie croyrois vous trahir de parler autrement,
Et quoy que mes aduis soient peu considerables,
Peut-estre pourrez vous les treuuer raisonnables,
Si vous considerez qu'en cette occasion
Mon cœur est dépoüillé de toute passion.
Vous craignez, dites vous, que ce grand Belissaire
Dont la haute valeur se rend si necessaire,
N'enuahisse à la fin cet Estat florissant,
Où mon Oncle à vos yeux l'a rendu trop puissant,
Et c'est pour cet effet que vous auez enuie
De terminer le cours d'vne si belle vie:
Bien, suiuez vos desseins; mais à mon iugement
Vous prenez pour le perdre vn mauuais fondement,
Car qui croira iamais qu'vn si noble courage
N'agissant que pour vous, puisse vous faire outrage,
Puisqu'au lieu de rauir ce qui vous appartient

C'est luy qui vous defend, c'est luy qui vous maintient

THEODORE.

Donc, à ce que ie voy, vous prenez la defence
D'vn suject orgueilleux dont l'audace n'offence?
Et de ses faux appas l'esclat fallacieux
Comme à Iustinian vous a sillé les yeux ?
Bien, bien, que vos vertus laschement estouffées
A cét audacieux soient d'illustres trophées,
Comme de l'Orient qu'il soit vostre vainqueur
Il ne regnera pas tant que i'auray ce cœur,
Quoy que le Prince & vous contre moy puissiez faire,
Ie le rendray bien-tost peu capable de plaire,
Et le seul partizan de mon iuste couroux
Sera dans peu de temps son maistre & vostre espoux.

SOPHIE.

Si cét Isquirion dont vous vantez les charmes
Est comme ie le crois si redoutable aux armes
Qu'il vienne en cette Cour ouuerte à la vertu,
Montrer les qualitez dont il est reuestu:
Qu'il vienne signaler sa force, & son adresse,
Repousser les efforts du Persan qui nous presse,
Abattre son orgueil, nous remettre en nos droits,
Et marcher noblement sur la teste des Roys,
Si ce Prince en vn mot a dessein de me plaire,
Qu'il vienne faire icy ce qu'a fait Belissaire,

Et non pas demander par vne lascheté
Vn party de mon rang & de ma qualité.

THEODORE.

Vous y pourrez songer, Narsés approche, escoute,
Sophie est vn esprit qu'il faut que ie redoute,
Ne l'abandonne pas, obserue ses desseins,
Tasche de luy donner des mouuemens plus sains:
Mais prends garde sur tout qu'vne indiscrete flame
Ne luy fasse éuenter le complot que ie trame,
Ie t'en laisse le soing. Elle sort.

NARSE'S.

Reposez-vous sur moy.

SCENE III.

SOPHIE, NARSES.

SOPHIE.

E bien, Narsés, enfin puis-je m'ouurir
à toy?
Ouy ie te croirois faire vn trop sensible
outrage,
Si ie me deffiois de ton noble courage,

Veus

Veu que de quelque espoir dont tu sois combatu,
Ie sçay qu'on ne sçauroit corrompre ta vertu.
Apprends donc aujourd'huy qu'elle est mon aduëture,
Le sang combat l'amour, & l'amour la nature :
Mais comme tu peux voir en ce triste duel,
L'amour est innocent, & le sang criminel :
Ouy, Narsés, ce Danois qu'attend l'Imperatrice,
Et dont elle pretend te rendre le complice,
Soubs pretexte d'offrir vn azile à mon sort,
Vient signer auec elle & ma perte, & ma mort :
Mais auant que ie sois l'injuste recompence
De leur assassinat, & de leur violence,
I'arracheray mon cœur, & mon sang respandu
Coulera sur celuy qu'vn Prince aura perdu.

NARSES.

Il n'est pas necessaire, adorable Sophie,
Qu'icy mon innocence en vain se iustifie,
Puisque vous auez leu clairement dans mes yeux,
Combien ces procedez me semblent odieux :
Aussi certes ie tiens vos refus legitimes,
La vertu ne doit point s'acquerir par des crimes,
Et vous auez raison de fuyr vn amant,
Que par vn homicide on veut rendre charmant :
Peut-estre que l'amour qu'on croit en Belissaire
Le fait en cette cour passer pour temeraire,
Mais tant de qualitez qui le font admirer

C

Luy doiuent pour le moins permettre d'esperer.

SOPHIE.

Ie suy ce sentiment que la vertu te donne,
I'ayme ses qualitez bien plus que sa personne,
Et voyant que tu tiens de ses perfections
Tu partages des-ja mes inclinations:
C'est par ces beaux degrez que l'on monte à la gloire,
Qu'on gaigne sur les cœurs vne illustre victoire,
Et qu'on peut preuenir à ce superbe rang,
Qui supplée aux deffaux & du corps & du sang:
Theodore pretend que ie sois le salaire,
De qui luy portera le cœur de Belisaire,
Et moy pour m'opposer à ce lasche courroux,
De son liberateur ie feray mon espoux.

NARSE'S.

L'espoir de posseder vn si grand aduantage
Doit aux moins genereux inspirer du courage,
Et si par ce moyen l'on vous peut acquerir,
Il n'est point de mortel qui ne se vienne offrir,
Mais ie n'ay pas dessein, Princesse genereuse,
D'imposer à vos vœux cette loy rigoureuse,
Quelque succez que i'aye en cette occasion
Vous suiurez librement vostre inclination,
Ie seray glorieux si i'ay l'heur de vous plaire,

Sinon vous donnerez vos vœux à Belisaire,
M'estimant trop heureux si par vn prompt secours,
Ie puis contribuer au bien de vos amours.

SOPHIE.

Va, suy ce mouuement que la gloire t'inspire
Sauue, braue Narsés Belisaire & l'Empire,
Fay par vn noble coup qu'il te doiue le iour,
L'Empire, son salut, & mon cœur son amour,
Ie me promets de toy cét agreable office.

NARSES.

Madame asseurez-vous de mon humble seruice,
Et dans quelque danger qu'il me faille courir,
Vous m'y verrez bien-tost satisfaire, ou perir.

SOPHIE.

Va Narsés, mais sur tout en ce pressant orage,
Que ta discretion assiste ton courage,
Et souffre si tu veux m'obliger tout à fait,
Que mesme Belisaire ignore ce bien fait.

SCENE IV.

NARSE'S.

Onfus, triste, pensif, ie ne sçay que resoudre
Ayant ouy gronder l'espouuantable foudre,
Qui menace aujourd'huy l'objet le plus par-
    fait,
Et le plus innocent que la nature ait fait :
Empeschez immortels le cours de ce desastre,
Armez vôtre courroux en faueur de cét astre,
Et toy Dieu des beautez, & des graces, Amour,
Confonds vn assassin qui vient en cette Cour,
S'opposer à tes loix, te combatre & destruire,
Les plus beaux ornemens qui soient en ton Empire :
Mais! ô Roy du desordre & du déreglement,
Ma voix en ce besoin t'inuocque vainement,
Tu ris dans les malheurs, tu te plais dans les larmes,
A ces tristes effets tu reserues tes armes,
Et tu ne porte plus de traits dans ton Carquoy,
Que pour fauoriser des tyrans comme toy,
Prepares les cruel, & les mets en vsage,
Theodore t'appelle au secours de sa rage,
Seconde ses desseins, allume ton flambeau,

Elle s'en veut seruir pour vn effet nouueau,
Car ne pouuant souffrir vne ardeur legitime,
Ta flame esclairera le triomphe d'vn crime,
Toutesfois s'il se peut empeschons ce malheur,
Le Ciel semble à ce coup destiner ma valeur,
Et malgré les efforts d'vne crainte importune,
Dire que cet honneur vaut plus que la fortune,
Suiuons donc cét aduis, ne deliberons plus,
C'est trop perdre de temps en propos superflus,
Allons tout de ce pas destourner cet orage,
Empescher les effets d'vn visible naufrage,
Et sauuer s'il se peut, mais genereusement,
En Amy Belisaire, & Sophie en Amant.

ACTE II.
SCENE I.

BELISAIRE, DIOPHANTE.

BELISAIRE,

 E ne ſçaurois ſouffrir plus long-temps
　　　ſon abſence,
Diophante mets fin à mon impatience,
Va, trouue moy Narſés, dy luy que ie
　　　l'attends,
Deſpeſche, & par tes ſoins rends mes eſprits contens,
On m'a dit qu'il prenoit le plaiſir de la chaſſe,
Viſite tout le bois, tandis qu'en cette place
Ces beaux arbres feront malgré l'aſtre du iour
Que plus commodément i'attendray ton retour,

Diophante entre dans le bois.

SCENE II.

BELISAIRE seul.

Ieux charmans, solitude sombre,
Sejour du silence & de l'ombre,
Beaux arbres que ie rends tesmoins de mon
    tourment,
Ne vous estonnez pas d'entendre mon martire,
Puisque c'est à vous seulement,
Que ma discretion m'a permis de le dire.

Amour ce petit Dieu des cœurs,
Qui des plus superbes vainqueurs,
Abaisse quand il veut & l'audace & la gloire,
Ce tyran contre qui tous mes efforts sont vains,
Ne pouuant souffrir ma victoire,
A fait choir aujourd'huy mes lauriers de mes mains.

Mon triomphe a produit ma peine,
Et ie suis captif d'vne Reine,
Dont naguere mon bras estoit victorieux,
Si i'ay tiré du sang, elle a versé des larmes,
    Et cet objet imperieux
A plus fait par ses pleurs que mon bras par ses armes.

Ouy s'en est fait quitte mon cœur,
Quitte le tiltre de vainqueur,
Et cede à ses beaux yeux cette orgueilleuse marque,
Tu resistes en vain rebelle, resous toy,
Puis qu'ils triomphent d'vn Monarque,
De souffrir desormais qu'ils te donnent la loy.

Mais helas ! aueugle que dis-je,
C'est cette raison qui m'afflige,
Et qui m'oste l'espoir necessaire à mes vœux,
Ma Princesse me plaist, mais ce Roy m'importune,
Et quand ie les ay pris tous deux,
I'ay détruit mon amour, & nuit à ma fortune.

N'importe, esperons toutesfois,
Mars qui fauorise mes droits
Ne veut pas aujourd'huy que ie les abandonne,
Mon riual par ce prix peut rentrer dans ses biens,
Et s'il veut r'auoir sa Couronne,
Il faut qu'à mon amour il laisse ses liens.

Ennemy de mon bien ainsi que de ma gloire,
Qui mesme dans les fers partages ma victoire,
Monarque malheureux resous toy de ceder,
Ce prix qu'iniustement on t'a veu posseder

Escoute

Escoute la raison, & cesse de pretendre,
Ce tresor amoureux que tu n'as peu deffendre,
Obeïs desormais à la loy de ton sort,
Sois moins ambitieux, où montre toy plus fort;
Au milieu du combat je t'ay sauué la vie,
Ingrat souffriras-tu qu'elle me soit rauie?
Vn procedé si lâche est indigne d'vn Roy,
Rends moy donc aujourd'huy ce que tu tiens de moy,
Si non pour mieux oster tout obstacle à ma flame,
I'arracheray le cœur qui veut auoir mon ame.
Mais quel estrange bruit retentit dans ce bois?
Qu'entens-ie, iustes Dieux? mais qu'est-ce que ie vois?
La valeur d'vn guerrier par le nombre opprimée,
Cede aux coups d'vne bande à sa perte animée,
Il le faut secourir.

ISKIRION.

Vous voulez mon trépas,
Bien, mais auparauant vous connoistrez mon bras,
Et cet illustre sang que vous voulez répendre,
Coulera lasches cœurs, mais ie le sçauray vendre,

NARSE'S.

Il n'importe.

D

SCENE III.

BELISAIRE, ISKIRION, NARSES, Et trois assassins.

BELISAIRE.

Onnons, à moy traistres, à moy,
Icy voſtre fureur trouuera de l'employ,
Tournez côtre mô ſein vos armes criminelles,
Quoy déja la terreur vous a donné des aiſles?
Vous fuyez aſſaſſins. Caualier aduancez,
Les voleurs ſont deffaits, mais ce n'eſt pas aſſez,
Il faut que par mes mains l'artiſan de ce crime,
Pour tous ſes compagnons vous ſerue de victime.

ISKIRION.

Ah! Seigneur arreſtez, cette punition,
Appartient à mon bras comme a ma paſſion,
L'outrage qu'il m'a fait m'oblige à cét office.

BELISAIRE,

Trop d'honneur ſeroit joint à ſon iuſte ſupplice,

Il ne merite pas vn si noble courroux,
Vous frapperiez vn homme indigne de vos coups,
Et cette illustre mort qui flatte son enuie,
Seroit plutost le prix que la fin de sa vie,
Ouy, ouy ce châtiment appartient à mon bras,
Rien ne peut malheureux te sauuer du trépas,
Oste ce Tapabort, voy la main qui s'appreste,
A separer du corps vne si vile teste,
Que tu caches perfide auec iuste raison,
Pour ne point voir l'horreur iointe à ta trahison.
Mais que voy-ie? ô destins! ie doute si ie veille,
Quelle confusion à la mienne est pareille?
Narsés est-ce bien vous que ie vois en ces lieux?
Ne suis-je point charmé? Dois-je croire à mes yeux?
C'est bien vous, si i'en crois les traits de ce visage,
Mais qu'il est mal d'accord auec vostre courage,
Vn desordre si grand rend mes esprits confus,
Et dans ce lasche estat ie ne vous cognois plus,
Quel qu'il soit toutesfois ie demande sa grace,
Seigneur en ma faueur pardonnez son audace,
Il merite la mort pour ce qu'il a ommis,
Mais il fut autresfois au rang de mes amis,
Et de ses actions c'est icy la premiere
Qui trompe vne amitié si parfaite & si chere,
Excusez-la, Seigneur, les Dieux n'ont point de mains
Pour la premiere faute où tombent les humains,
C'est assez que la foudre ait menacé sa teste,

I'ay soufleué les flots, appaisez la tempeste,
Et si ie tiens de l'homme en voulant vous vanger,
Faites comme les Dieux le sauuant du danger.

ISKIRION.

Quand ie ne voudrois pas la raison m'y conuie,
Puis-ie rien refuser à qui ie dois la vie?
Mon Seigneur vos desirs seront tousiours les miens,
Ie tiens de vous le iour, qu'il vous doiue les siens,
I'y consens, & de peur qu'vne action si noire
N'efface tout à fait le reste de sa gloire,
Et ne le rende infame aux siecles à venir,
I'en veux perdre, Seigneur, iusques au souuenir.

BELISAIRE.

C'est aussi dans l'oubly des plus sanglants outrages
Que se voit la grandeur des illustres courages,
Et par ce noble effect vne adroitte pitié
Punit mieux quelquesfois que leur inimitié,
En ces occasions quelle que soit l'offense,
Le pardon est souuent vne haute vengeance,
Et c'est vn chastiment qui tousiours fait sentir
Les peines qu'aux grands cœurs donne du repentir.

NARSE'S.

Il est vray que ie souffre vn remors bien sensible,

Et bien tost mon trépas vous le rendra visible :
Mais ce vif repentir que i'emporte en mourant
N'est pas d'auoir commis vn attentat si grand ;
Au contraire ie tiens cét acte legitime,
I'appelle icy vertu ce que vous nommez crime,
S'il estoit acheué ie serois satisfait,
Et ie meurs de regret de le voir imparfait.

ISKIRION.

Il a perdu le sens.

BELISAIRE.

      Narsés, quelle manie
D'vn esprit si solide a la raison bannie ?
D'où te vient cette erreur ?   Et pourquoy penses-tu
Qu'vn lasche assassinat soit vn trait de vertu ?
Quel transport a causé cette fureur extreme ?

NARSE'S.

La raison, la pitié, mon amour, & vous mesme.

BELISAIRE.

Moy Narsés ? que dis-tu ?

NARSE'S.

       Ie dis ce que ie dois.

BELISAIRE.

Ah ! sans doute ton cœur dement icy ta voix,
Ie n'eus iamais de part aux láchetez d'vn traistre.

NARSE'S.

Non, mais si ie le suis vous m'obligez à l'estre,
Et la seule pitié que i'ay de vostre sort
Est le coup qui me perd & qui cause ma mort.
Ce foible bras a fait vn crime en apparence,
Mais vn crime si beau meritoit recompense,
Puis que sans vostre abord vn facile combat
Eust sauué vostre sang, ma Princesse, & l'Estat.

ISKIRION.

Ce discours cache vn sens que ie ne puis comprendre.

NARSE'S.

Dedans peu les effects vous le pourront apprendre,
Et mon mal-heur me rend bien-heureux en ce poinct,
Que me priuant du iour ie ne le verray point.
Adieu, cruel amy, le Ciel te soit prospere,
Et rende ton destin plus doux que ie n'espere.

SCENE IV.

NARSE'S, BELISAIRE, ISKIRION.

BELISAIRE.

IL expire, Narsés, helas ! il ne vit plus,
O Dieux ! que cette mort rend mes esprits cõfus,
Narsés ouure les yeux, ah! mon attête est vaine,
Il est mort, & mourant il fait naistre ma peine.
Destins iniurieux où m'auez vous reduit ?
Quoy donc de ma valeur est-ce là tout le fruict?
Sont-ce là vos faueurs ? Est-ce la recompense
Que vos injustes loix donnent à l'innocence?
Quand vn bras genereux a le vice abatu,
Est-ce là le laurier qu'il a pour sa vertu?
Ah ! cruels , ie vois bien que vous portez enuie
A l'extreme bon-heur où ie coulois ma vie,
Enyurez de me voir en vn estat si doux,
Vous voulez que i'espreuue aussi vostre courroux.
Hé bien, lancez vos traits, apprestez mes supplices.
Ie suis prest de souffrir toutes vos injustices,
Et pour ne point souler vostre haine à demy,

Meslez icy mon sang au sang de mon amy.

ISKIRION.

Ce sang ne fut iamais digne de ce meslange,
Ne le regretez point, vous gaignerez au change,
Et sa mort est vn coup que le Ciel a permis
Pour vous donner icy de plus nobles amis.
Si ie ne sçauois bien qu'vn cœur comme le vostre
Ne prit iamais de part aux foiblesses d'vn autre,
Ie craindrois iustement de ne pas obtenir
L'amitié que i'espere & qui nous doit vnir ;
Mais vous connoissez trop que ce qu'il vient de dire
De conspiration contre vous & l'Empire,
Sont des pretextes faux dont il pensoit couurir
L'horreur d'vne action qui le force à mourir.
Ie suis noble Seigneur, & le Ciel m'a fait Prince,
Mais ie suis, grace aux Dieux, content de ma Pro-
    uince,
Et desormais l'honneur de vostre affection
Sera le seul objet de mon ambition,
Secondez maintenant vne si iuste enuie,
Adioutez cette grace à celle de ma vie,
Fauorisez les vœux d'vn Prince infortuné,
Ou reprenez le iour que vous m'auez donné.

BELISAIRE.

Seigneur ie viens de voir vn trop clair témoignage

Et de

Et de voſtre naiſſance, & de voſtre courage,
Pour croire que iamais aucun mauuais deſſein
Puiſſe trouuer entrée en vn ſi noble ſein :
Cette vertu qu'en vous i'admire & ie reſpecte
Eſt trop haute pour eſtre ou nuiſible ou ſuſpecte,
Et voſtre bien-veillance a des charmes ſi doux
Qu'on ne vous ſçauroit voir & n'eſtre pas à vous :
Prenez donc ſur mon cœur vne entiere puiſſance,
Il vous offre ſon Zele & ſon obeïſſance,
Et bien que peu puiſſant, au moins il fera voir,
Qu'il ſçait & bien aimer & faire ſon deuoir.

ISKIRION.

Ah ! cét abbaiſſement offenſe vos merites,
Comme ils ſont hors de prix ils n'ont point de limites,
Et l'admiration dont ie me ſens charmer
Eſt le langage ſeul qui les puiſſe exprimer :
Cependant permettez que ce premier hommage
Soit de noſtre amitié le ſymbole & le gage,   Il luy pre-
Et que ce diamant auſſi net que mon cœur   ſente vn
Vous faſſe ſouuenir de voſtre ſeruiteur.   diamant.

BELISAIRE.

Pour vous rendre touſiours ma memoire fidele,
Les dons ſont ſuperflus, il ſuffit de mon Zele ;
Mais puiſque vos deſirs m'impoſent cette loy,

E

Plein d'aise & de respect, Seigneur, ie le reçoy,
Et ie proteste icy que les mains de la Parque
Seules pourront m'oster cette adorable marque.

ISKIRION.

Adieu, ie me retire auecque cet espoir.

BELISAIRE.

I'auray dans peu de temps l'honneur de vous reuoir,
Si vous faites en Cour tant soit peu de demeure.

ISKIRION.

C'est où ie vous attens.

BELISAIRE.

I'y seray dans vne heure,
Cependant trouuez bon qu'vn reste d'amitié
Exerce enuers ce corps encor quelque pitié,
Et puisque son trépas a vangé son injure,
Que mon dernier present soit vne sepulture.

SCENE V.
BELISAIRE.

*D*Ans ces sombres deserts où riē ne peut parler,
Ie pensois soulager mon amoureux martyre,
Mais au lieu de trouuer de quoy me consoler,
I'y treuue des objets qui le rendent bien pire,
Il faut qu'icy le deüil couure vn triste vainqueur,
   Qui sent vne horrible tempeste.
Helas ! Destins que sert vn laurier sur la teste,
Vne palme en la main, quand le crime est au cœur ?

Allons, hé quoy mes yeux vous n'obeissez pas,
N'osez-vous regarder vn objet si funeste ?
Moy-mesme mal-gré moy i'en esloigne mes pas,
Et ie me sens rebelle en tout ce qui me reste,
Aduance main cruelle, & fais vn iuste effort,
   Puis que le deuoir t'y conuie,
Lasche main que crains-tu ? Narsés n'a plus de vie,
Il n'aura plus de voix pour reprocher sa mort.

Que dis-je, mal-heureux ? cet objet que ie vois
Tient auiourd'huy mon cœur en de iustes allarmes,

E ij

Car bien qu'il ait perdu l'vsage de la voix,
Son sang me dit assés que ie luy dois des larmes,
Ce cadaure est mon juge, il definit mon sort,
    Ie vois escrit sur cette face,
Apres tant de bon-heur, l'arrest de ma disgrace,
Et ie trouue la foudre en la bouche d'vn mort.

Narsés ie vais mourir, pardonne à mon erreur,
Si ton sang peut parler il faut qu'il me console,
Parmy tant de soûpirs & de traits de fureur,
Tâche de prononcer quelque douce parole,
Cadaure rigoureux, de quoy m'accusez-vous ?
    Ie suis prest de vous satisfaire,
Mais comment, iustes Dieux, la mort peut-elle faire
Vn juge si cruel d'vn coupable si doux ?

Quitte, quitte le iour, infortuné vainqueur,
Ton deüil par tes regrets trop laschement s'exprime,
Puny ta cruauté par vne autre rigueur,
C'est ton sang, non tes pleurs, qui doit lauer ton crime,
Prens au lieu d'vn laurier vn funeste bandeau,
    Et que cette fatale espée,
Contre toy-mesme icy par toy-mesme occupée,
Soit ton iuste supplice, & ta main ton bourreau.

SCENE VI.

BELISAIRE, DIOPHANTE.

DIOPHANTE empeſchant qu'il ne
ſe iette ſur ſon eſpée.

 *Ieux, qu'eſt-ce que ie vois? ah, Seigneur!*

BELISAIRE.

Diophante

Que fais-tu? Laiſſe moy, ſouffre que ie contente
Par vn coup genereux la rigueur de mon ſort,
Voy cét obiect ſanglant, c'eſt Narſés.

DIOPHANTE.

Il eſt mort.

BELISAIRE.

Ouy, Diophante, il l'eſt.

DIOPHANTE.

Dieux! le malheur extreme,

Qui l'a tué?

BELISAIRE.

Moy.

DIOPHANTE.

Vous.

BELISAIRE.

Moy, mais plustost luy-mesme.
Car lors que i'ay commis cét innocent peché,
Vn tapabort tenoit son visage caché.

DIOPHANTE.

A quelle occasion?

BELISAIRE.

Espargne ta memoire,
Tu ne sçauras que trop cette tragique histoire;
Et mesmes si tu veux appaiser mes transpors,
Oste à mes tristes yeux ce déplorable corps.

Fin du second Acte.

ACTE III.
SCENE I.
THEODORE, ISKIRION.

THEODORE.

*A*Llez ne craignez rien, acheuez cette affaire,
Et fongez feulement quel eft voftre falaire,
Auant que vous mander pour ce coup important,
I'auois déja preueu ce que vous craignez tant,
Et toutes les raifons qu'icy vous auez dites,
Ma prudence déja me les auoit deduites:
Mais ce que maintenant ie vous ay declaré
Contre ces vaines peurs vous doit rendre affeuré.
Vous fçauez mon pouuoir & celuy de Sophie,
Que ce n'eft qu'a nous deux que l'Empereur fe fie,
Et que nos fentimens, nos defirs, & nos voix,
Paffent dans fon efprit pour legitimes loix.
Allez fous noftre adueu, trauaillez pour vous mefme,
On doit tout hazarder pour auoir ce qu'on aime,
Il faut tout entreprendre, & tenter iufqu'au bout,

Vn esprit amoureux est capable de tout.

ISKIRION.

Hé bien, Madame, il faut complaire à vostre enuie,
Vn suiet vous déplaist, vous demandez sa vie,
Vous auez sur mon cœur vn pouuoir absolu,
Il veut que i'obeïsse, & i'y suis resolu.
Pour l'amour de Sophie & pour vostre seruice,
Il n'est rien que ie n'ose & que ie n'accompliße,
I'affronteray pour vous & l'enfer & les cieux,
Le fer, le feu, la mort, les hommes & les Dieux,
Pour vous ie trouueray tout acte legitime,
Ie hazarderay tout, ma gloire, mon estime,
Ma fortune, mon sang, mon pays, mon honneur,
Et le tout pour Sophie, & pour vostre faueur.
I'ay regret toutesfois que quelque autre asseurance,
Ne preuue mon amour, & mon obeïssance,
Et qu'il ne m'est permis d'aspirer autrement
A la possession d'vn tresor si charmant,
Si Belisaire est craint, c'est dans cette prouince,
I'ay le bras d'vn soldat, le courage d'vn Prince.
Et si vous les vouliez, vous verriez ma valeur
Imprimer sur son corps ma gloire & son malheur.

THEODORE.

La vaillance n'est pas vn poinct qu'on vous dispute,

Ce que veut vostre cœur vostre bras l'execute,
Et ie ne doute pas qu'vn duel entre vous
Ne le fist succomber soubs l'effort de vos coups:
Mais en cette occurrence vn bras si magnanime
Aduanceroit sa gloire en punissant son crime,
Et vous donneriez moins en cette occasion
A mes iustes desirs qu'à son ambition.
Non, non, il ne faut pas qu'vn coup si fauorable
Donne à mes ennemis vn sepulcre honnorable,
Belisaire est vn traistre, & par cette raison
Il doit perir aussi par vne trahison,
Si l'on peut iustement appeller de la sorte
Vne action hardie où mesme vn Dieu nous porte.
Ne differez donc plus ce dessein proposé,
Et pour rendre à vos mains son effect plus aisé,
Taschez en l'abordant auecque courtoisie,
Que sa droite par vous adroitement saisie,
Soubs pretexte d'honneur & de ciuilité,
Donne à vostre poignard plus de facilité,
Ce beau coup acheué, la recompense est preste,
Commencez seulement, & ie feray le reste.

ISKIRION.

Madame s'en est fait, il va perdre le iour,
Victime infortunée! & de haine & d'amour.

F

SCENE II.

ISKIRION.

Mportune raison, hé bien que dois-je faire?
Te faut-il obeir, ou bien t'eſtre contraire?
Sur vne perfidie eſtablir mon bon-heur?
Ou perdre mon amour, pour ſauuer mon honneur?
Mon honneur! ah! c'eſt trop, ie ne m'y puis reſoudre,
Lancez, lancez ſur moy les quarreaux de la foudre
Dieux iuſtes, Dieux vangeurs, pluſtoſt que de ſouffrir
Qu'ingrat à vos faueurs ie les laiſſe perir:
Vous auez attaché mon honneur à ma vie,
Que la perte de l'vn ſoit de l'autre ſuiuie,
Ou ſi chacun des deux doit perir à ſon tour,
Laiſſez viure l'honneur, & priuez moy du iour:
L'honneur eſt vn treſor à tout bien preferable,
Il eſt cher, mais, helas! Sophie eſt adorable,
Et ſe rendre rebelle à des attraits ſi doux,
Grands Dieux, vous le ſçauez, c'eſt s'attaquer à vous,
Comme elle eſt des vertus le plus parfait modele,
Vn crime eſt innocent, quand il ſe fait pour elle;
Et la meſme vertu change de qualité,
Quand elle a le malheur de choquer ſa beauté.

Suiuons donc les conseils que mon amour me donne,
Obeis ma raison puis qu'vn Dieu te l'ordonne,
Aussi bien c'est en vain que ie veux reueler,
Le traict desia lancé ne se peut r'appeller,
Il faut, il faut franchir constamment la carriere,
Et m'acquerir Sophie ou perdre la lumiere.

SCENE III.

BELISAIRE, AMALAZONTHE.

BELISAIRE.

 Voy donc, Amalazonthe, apres vn traitte-
ment,
Que des Princes captifs espreuuent rare-
ment,
Vous voulez aujourd'huy paroistre inexorable,
A celuy dont l'amour vous est si fauorable;
Et parce qu'il vous aime, vn insolent orgueil,
Pour vn trône qu'il rend luy destine vn cercueil.
Bien, bien continuez cette barbare enuie,
Ingratte, ostez le iour à qui vous rend la vie,
Perdez par vos mespris vn vainqueur qui vous sert,
Donnez luy vos faueurs, ce grand cœur les merite,

Et les luy disputer c'est ce qui vous irrite.

AMALAZONTHE.

N'en doutez nullement, bien qu'vn sort rigoureux
Dans ses nobles projets l'ait rendu malheureux,
Le droict qu'il a sur moy n'est pas moins legitime,
Et chez moy son malheur augmente son estime.
Ie sçay que le Demon qui preside aux combats,
L'a mis dedans les fers, & raui ses Estats,
Ses biens, sa liberté, son sceptre, sa couronne,
Que son peuple le quitte, & que tout l'abandonne :
Mais bien que vostre bras l'ait reduit à ce poinct,
Croyez moy, Belisaire, il ne le perdra point,
Quoy que vous puissiez faire, ou que vous puissiez
　　dire,
Moy seule ie seray ses Estats, son Empire,
Son espoir, sa grandeur, ses sujets, & sa Cour,
Son Conseil mes desirs, & ses loix mon amour.

BELISAIRE.

Voila dedans les fers parler en souueraine.

AMALAZONTHE.

Vous m'auez fait captiue, & le Ciel m'a fait Reine,
Le Sort qui me destruit ne m'a pas tout osté,

I'en conserue le cœur comme la qualité :
Et bien que l'on m'ait mis en estat de me plaindre,
Vous ne deuez point voir mõ malheur sans le craindre.
L'aueugle Deité qui flatte les humains
Tourne aussi tost le dos qu'elle nous tend les mains,
Vn moment nous la rend rigoureuse & propice,
Tel qui fut au sommet se voit au precipice,
Et par vn mouuement qui n'est iamais égal,
Le mal succede au bien, & le bon-heur au mal.

BELISAIRE.

Helas ! que ie fais bien la triste experience,
Et des rigueurs du Sort, & de son inconstance,
Puis que la méme main qui bastit ma grandeur,
Détruit mon esperance & me refuse vn cœur.
Ah ! Madame, quittez cette humeur obstinée,
Escoutez les soüpirs d'vne ame infortunée,
Qu'Amour fait à vos pieds expirer soubs les coups,
Et par les traits ardents qu'elle a receu de vous,
Ne luy refusez pas la pitié qu'elle implore,
Et receuez, cruelle, vn cœur qui vous adore.

AMALAZONTHE.

Ne m'importunez plus, & quittons ces discours,
I'ay l'esprit à mes maux plustost qu'à mes amours,
Ce Dieu qui ne se plaist que parmy les delices

Rougiroit qu'on le vist en ce lieu de supplices.

BELISAIRE.

Vous ne rougissez pas qu'vne extreme rigueur
Parmy tant de tourmens le tiennent dans mon cœur,
Vous estimez ces lieux indignes de la flame,
Et vous faites cruelle vn enfer de mon ame,
Accordez mes desirs auecque la raison,
Amour n'est iamais mieux que dans vne prison,
Il hayt la liberté, fait mesme qu'on la craigne,
Et la chasse d'vn cœur aussi tost qu'elle y regne.

AMALAZONTHE.

Ses plumes nous font voir qu'il sçait bien en partir.

BELISAIRE.

Mais c'est pour y voler, & non pour en sortir,
Conseruons luy pourtant l'vsage de ses aisles,
Sortant d'vne prison qu'il entre en de plus belles,
Vostre cœur est tenu sous vn lâche pouuoir,
Quittez le pour le mien qui vous veut receuoir,
Amour vous nuit icy, qu'Amour vous en retire.

AMALAZONTHE.

Ie perdrois mon espoir, & non pas mon martyre.

BELISAIRE.

Cét espoir, ma Princesse, entretient vos malheurs,
Cette espine iamais ne produira de fleurs :
Vitigés qui nourrit cette vaine esperance,
Vous promet vn effect plus grand que sa puissance,
L'Empereur qui m'a fait arbitre de son sort,
Veut qu'il vous abandonne & qu'il cede au plus fort,
En sa rebellion il a trouué sa perte,
Vous reparez la vostre en mon amour offerte,
Ma premiere victoire est de vous acquerir.

AMALAZONTHE.

Perdant tout, il me reste vne belle à mourir. *Elle sort.*

SCENE IV.

BELISAIRE.

AH, mourir ! ah plustost si mon feu vous offense,
Mais l'ingrate à mes yeux a rauy sa presence,
Où m'auez vous reduit, espoir, ambition ?
Que le Sort répond mal à mon intention !
Puis que le seul obiect qui me tue, & que i'aime,

Dans sa captiuité triomphe de moy-mesme,
Et traitte mon amour auec tant de mépris,
Que ie treuue vn supplice où i'esperois vn prix,
Mais allons receuoir ce guerrier qui s'aduance.

✳✳✳✳✳✳✳✳✳✳✳✳✳✳✳✳✳✳✳✳✳✳✳✳✳

SCENE V.

ISKIRION, BELISAIRE, DORISTEL.

DORISTEL parlant à Iskirion.

 E voila.

ISKIRION.

C'est assez, obseruez le silence,
Grãd Prince, iustes Dieux, que ie suis interdit, — Luy prenant la main.
Malheureux, ah! Seigneur, il ne sera pas dit,
Que ce bras animé d'vne indiscrete enuie, — Laissant tomber le poignard.
Ait arraché le cœur à qui ie dois la vie,
Va, va lâche instrument d'vne aueugle fureur,
Abandonne ma main, ton fer me fait horreur,
Toutesfois, desloyal, tu peux encor me plaire,
Vien, passe dans mon sein, & vange Belisaire,
Tu feras par ce traict de generosité

Vne iuste action pour vne lâcheté.

BELISAIRE.

Qu'est-ce donc ? arrestez.

ISKIRION.

Ah ! souffrez que mon crime
Reçoiue vn châtiment & iuste & legitime,
I'ay cherché vostre sang, i'ay voulu vostre mort,
Ce desir criminel demande vn mesme sort,
Et bien qu'il ne soit rien que ministre d'vn autre,
Mon sang à cet effect doit payer pour le vostre,
Permettez moy Seigneur.

BELISAIRE.

Non quittez ce dessein,
Ce fer est seulement destiné pour mon sein,
Et si vostre bon-heur dépend de mon naufrage,
Ce poignard peut encor acheuer mon ouurage,
Bien loin d'en murmurer i'en beniray les coups,
Si mon cœur les reçoit & par vous & pour vous.

ISKIRION.

Ah ! pour cette bonté qui paroist incroyable,
Que vous m'estes cruel estant si pitoyable,

G

Ce difcours à mon cœur eft vn bourreau fecret,
Vous m'arrachez ce fer, mais ie meurs de regret,
Ou fi le Ciel encor permet que ie refpire,
C'eft pour faire durer ma honte & mon martyre,
Et donner vn exemple à la pofterité,
Et de mon imprudence & de leur equité,
Ouy, Seigneur, permettez, aduouant mon offenfe,
Que d'vn terme plus doux ie la nomme imprudence,
Puis que mon iugement en cét acte odieux
A fuiuy les confeils de deux guides fans yeux.
Ce monftre fi fatal aux plus nobles courages,
Et qui s'offre à nos fens fous mille faux vifages,
L'ambition d'abord auecque fon poifon,
A troublé mon efprit, & feduit ma raifon.
La faueur & l'efpoir ont efté fes complices,
L'amour à mes efforts a ioint fes artifices,
Et mon aueuglement qui m'en cache l'objet,
M'a fait prefter la main à ce lâche projet.
Mais, Seigneur, maintenant que vos viues lumic-
     res
Ont diffipé la nuict qui couuroit mes paupieres,
Qu'à voftre heureux abord le bandeau m'eft tombé,
Et me redonne vn bien qu'il m'auoit dérobé,
Que mon ambition meure en voftre prefence,
Que ma faueur periffe auec mon efperance,
Mon repos, mes plaifirs, & mefme mon amour,
Plûtoft que de fouffrir qu'il vous couftent le iour.

BELISAIRE.

Ah! c'eſt trop, ie connois ces redoutables Aſtres,
Dont le fatal éclat a causé mes deſaſtres:
Ouy, ie connois ces yeux, ces tyrans inhumains,
Qui vous ont mis, Seigneur, la foudre dans les mains,
Déja par les éclairs i'auois preveu l'orage,
Mes yeux en auoient veu le funeſte preſage,
Et par cette raiſon ie ne m'eſtonne pas,
Si voſtre bras auoit reſolu mon trépas,
Vn crime paroiſt beau quand la cauſe en eſt belle,
En vain contre l'amour mon eſprit ſe rebelle,
Tout cede à ſon pouuoir, & ce ſuperbe enfant
Malgré tous ces efforts eſt touſiours triomphant.
Vous l'auez veu, Seigneur, mais ſouffrez que ie die,
Qu'il euſt payé vos ſoins par vne perfidie,
Et que ce bel obiet qui vous tient ſous la loy,
N'a iamais eu deſſein ny ſur vous ny ſur may.

ISKIRION.

Cét amour deſormais m'eſt bien indifferente,
Souffrez que ie vous aime, & mon ame eſt contente:
C'eſt là tout mon deſir, c'eſt là tout mon eſpoir,
Et l'vnique bon-heur que ie veux receuoir.
Adieu, ie me retire auec cette eſperance.

BELISAIRE,

BELISAIRE.

Ouy, mon Prince, viuez auec cette affeurance,
Et si cette amitié que ie vous iure icy
Perit, faites grands Dieux que ie perisse aussy.

SCENE VI.

THEODORE, SOPHIE.

THEODORE.

Ongez y bien, Sophie, Iskirion est Prince,
Sõgez que c'est pour vous qu'il quitte sa prouince,
Et qu'on ne doit iamais par d'iniustes mépris
Irriter le courroux des genereux espris;
Acceptez son amour & redoutez sa haine,
Fauorisez ses vœux, il en vaut bien la peine,
Et croyez que l'honneur qu'il vous fait auiourd'huy
Vous oblige à paroistre accorte comme luy.

SOPHIE.

En vain pour me toucher vous parlez de ses charmes,
Ie méprise ses vœux, ses soûpirs & ses larmes,

Et i'eſtime ſi peu ſes pas & ſon amour,
Que ſi mon ſujet ſeul l'arreſte en cette Cour,
Il peut s'en retourner & s'épargner la peine
Que donne aux importuns vne recherche vaine.

THEODORE.

Si ſa recherche eſt vaine auprés de vos appas,
Sa vengeance a des traits qui ne le ſeront pas,
Euitez ce malheur.

SOPHIE.

Ie crains peu cét orage.

THEODORE.

Ma niepce il a du cœur.

SOPHIE.

Et i'en ay d'auantage.

THEODORE.

I'en doute.

SOPHIE.

Ie me ris de ſon reſſentiment.

G iij

THEODORE.

Il est pourtant à craindre en l'esprit d'vn amant,
Et si ce cœur altier épargne vn peu le vostre,
Craignez que son courroux n'éclate sur vn autre.

SOPHIE.

Bien, bien, que ce cruel acheue mon destin,
De Prince genereux qu'il se rende assassin,
Pour se vanger de moy qu'il fasse vne injustice.
Belisaire me plaist, il merite vn supplice,
Il faut verser son sang pour esteindre nos feux,
Mais que vous estes loin du succez de vos vœux,
Si vous croyez encor qu'apres ce traict perfide,
Mes yeux puissent iamais souffrir cét homicide ;
Non, non, n'esperez pas que ie touche en la main,
Qui, peut-estre, a signé cét Arrest inhumain,
Le sang de mon amant me la rend odieuse,
Qu'il m'oste quant & quant vne vie ennuyeuse,
Asseuré que le coup qui me le rauira,
Est la seule action de luy qui me plaira.

THEODORE.

Ouy, ouy, puisqu'à nos vœux vous estes si contraire,
Vous le verrez perir, ce beau, ce temeraire,

Et deuant que la nuict vous dérobe le iour,
Vous serez sans amant côme luy sans amour. Elle sort.

SOPHIE.

Allez, lâches, allez complaire à vostre enuie,
Allez trancher le cours d'vne si belle vie;
Si mes iustes douleurs ne preuiennent vos soins,
Mes yeux mesmes cruels en seront les témoins.
Mais apres mes deuoirs rendus à l'innocence,
Vous verrez quant & quant ma mort & ma con-
stance,
Et ie vous feray voir, quoy qu'il faille endurer,
Que ce qu'Amour a fait ne se peut separer.

Fin du troisiesme Acte.

ACTE IV.
SCENE I.
VITIGEZ, AMALAZONTHE.

VITIGEZ.

M A Princesse, d'où vient cette melancolie
Où vostre ame paroist si fort enseuelie ?
Est-ce pour étoufer mon amoureuse ardeur
Que vous me receuez auec tant de froideur ?
Ah ! si i'ay le malheur d'auoir pû vous déplaire,
Ordonnez de mon sort, ie vay vous satisfaire,
Pourueu qu'en me priuant & d'espoir & d'amour,
Vous permettiez aussi que ie perde le iour.

AMALAZONTHE.

Mon Prince, pardonnez à l'ennuy qui me presse,
Et comme mon Amour partagez ma tristesse,
Loin de me consoler en mes iustes douleurs,
Donnez vos sentimens à nos communs malheurs,
Nous sommes menacez d'un violent orage,

Mais

Mais pour y resister i'ay beaucoup de courage,
Et le sort vainement déployroit son courroux,
Si m'estant rigoureux il vous estoit plus doux.

VITIGEZ.

Ah! Madame, en ce poinct sa rigueur m'est propice,
Et sa triste faueur feroit vne iniustice,
Si lors que son respect manque pour vos attraits,
Le barbare pour moy manquoit aussi de traits,
Non, non, ie beniray mon tourment & mes peines,
Si vous prestez la main à soustenir mes chaines,
Et si mon sang rendoit vos destins plus heureux,
Ie verrois le trépas d'vn visage amoureux.
Mais, de grace, Madame, afin de m'y resoudre,
Dites moy de quel bras doit partir cette foudre,
Quel est cét ennemy qui veut m'oster le iour?

AMALAZONTHE.

Vous le voyez, Seigneur.

VITIGEZ.

qui, bons Dieux?

AMALAZONTHE.

mon Amour.

H

VITIGEZ.

Madame, c'est aßés, ie voy mon infortune,
Et ie ſçay maintenant ce qui vous importune,
Cét amour que vos yeux ont fait naiſtre en mon cœur,
Cet aimable tyran dont ie fais mon vainqueur,
Eſt cauſe des ennuis peints ſur voſtre viſage,
Et du prochain malheur dont i'attens mon naufrage:
Mais, Madame, eſteignez ce feu qui vous déplaiſt,
Employez y mon ſang tout fidele qu'il eſt,
Et pour rendre à iamais mon amour étoufée,
Donnez à vos attraits vn plus noble trophée:
Ie croy que ce n'eſt pas ſans vn ſenſible effort,
Que vous auez conclu cét arreſt de ma mort,
Et que voſtre rigueur voyant mon innocence,
Se fait en me tuant beaucoup de violence.
Mais, madame, étoufez cette ingrate pitié,
Perdez le ſouuenir de ma tendre amitié,
Et pour mettre en repos vn obieƈt adorable,
N'épargnez point le ſang d'vn Prince miſerable.

AMALAZONTHE.

Ah! que vous prenez mal le ſang de mes diſcours,
Deſtruirois-ie le bras d'où i'attens le ſecours?
Et croyez-vous qu'on puiſſe eſteindre voſtre vie,
Sans que d'vn meſme coup elle me fuſt rauie?

Non, non, la passion dont vous estes épris,
N'aura iamais chez moy ny froideur ny mépris,
I'appreuue vos deuoirs, vostre grace me charme,
Et ie crains, mais pour vous.

VITIGEZ.

Qui vous met en allarme?
Doutez vous de ma foy? doutez vous de mon cœur?

AMALAZONTHE.

Non.

VITIGEZ.

Que craignez vous donc?

AMALAZONTHE.

Vn insolent vainqueur
Belisair'.

VITIGEZ.

Ah! Madame vn rayon d'esperance
Flate encor mon amour d'vne belle apparence
Ce n'est pas que l'orgueil de ce victorieux
Me fasse icy douter du pouuoir de vos yeux,
Ie sçay que leurs regards triomphent des plus braues,
Et que des plus grands Roys ils se font des esclaues,
Mais quoy que Belisaire ait pû vous témoigner,

Ce n'eſt pas ſur ſon cœur que vous deuez regner,
Ie ſçay bien de quel trait ſa belle ame eſt atteinte,
Et vous auez, Madame, vne inutile crainte :
,, Mais ainſi que le bruit accompagne le iour,
,, Touſiours la Ialouſie accompagne l'Amour,
,, Par tout où va ce Dieu, va ce fantoſme ſombre,
,, Qui le ſuit de ſi prés qu'on le prend pour ſon ombre.

AMALAZONTHE.

Il eſt bien vray qu'alors qu'on poſſede vn grand bien,
C'eſt l'eſtimer bien peu que de ne craindre rien,
Et par cette raiſon i'ay ſujet de me plaindre,
Car ſi vous m'eſtimiez vous trouueriez à craindre.

VITIGEZ.

Si voſtre cœur eſtoit moins illuſtre qu'il n'eſt,
Ie craindrois que mon ſort ou bien voſtre intereſt,
Voyant en quel eſtat mon ennemy me range,
Ne portaſt quelque iour vne Princeſſe au change,
Mais loin d'en auoir peur ie croirois l'offenſer,
Si i'en auois conçeu ſeulement le penſer,
Non ie ne puis commettre vne ſi lâche faute,
Mon amour eſt trop grand, & voſtre ame eſt trop haute,
Pour craindre que iamais on me puiſſe rauir
Ny l'honneur d'eſtre aimé, ny l'heur de vous ſeruir.
Mais encor quel ſujet a fait naiſtre ces craintes?

Et quelle occasion authorise vos plaintes ?

AMALAZONTHE.

Ne vous figurez pas que ma presomption
Soit le seul fondement de cette passion,
Mon esprit qui connoit ce Prince opiniâtre,
Ne forge pas vn monstre afin de le combatre,
I'ay veu dans ses transports des presages certains,
Et de ce que ie dis & de ce que ie crains :
Auoir incessamment de ses gens à ma suite,
Veiller mes actions, épier ma conduite,
Entendre tout le iour ce fâcheux compliment,
Que i'ay de mon vainqueur pû faire mon amant.
Dy moy ne sont-ce pas de ces chants les Syreines
Tousiours auant-coureurs des tempestes prochaines,
Où ie cours le danger d'vn naufrage euident,
Si le Ciel ne destourne vn si triste accident ?
Mais le voicy qui vient, euitons sa presence.

VITIGEZ.

Il est auec Sophie. Amour si ta puissance
A graué dans son cœur ma Reyne & ses attraits,
Permets que cét obiect en efface les traits.

H iij

SCENE II.

BELISAIRE, SOPHIE.

SOPHIE.

Oila ce que vous couste vne amitié fidele,
Vous n'auez rien de sainct ny d'aimable
    auprés d'elle,
C'est ainsi qu'vn perfide a payé vos tra-
    uaux.

BELISAIRE.

Ah! Madame espargnez sa candeur & mes maux.

SOPHIE.

Iusques où l'amitié dans nostre ame s'imprime,
Pour vn ingrat, vn traistre, & l'autheur de ce crime,

BELISAIRE.

Tous ces propos me sont plus mortels que les coups,
Qu'ils m'estoient destinez puisque c'estoit pour vous.

Ie croyois que son crime eust vne autre origine,
Mais puis qu'il adoroit vostre beauté diuine,
Ie ne puis condamner le dessein qu'il auoit,
De s'oster vn Riual qui se desesperoit,
,, Voyez vostre miroir pour iuger de son crime,
,, Il fournira pour luy d'excuse legitime,
,, Et vous découurira par mille appas diuers,
,, Qu'il pourroit pour complice auoir tout l'vniuers.
,, Vne beauté parfaite est vne tyranie,
,, Dont ne peut s'affranchir le plus ferme Genie.
Elle embraze les Dieux, tout cede à son pouuoir,
Et pour ne pas aimer il ne faut pas vous voir.

SOPHIE.

Pourquoy donc, si mes yeux sont si remplis de charmes
Estes vous insensible au pouuoir de mes armes?
Ie souffre vostre abord, i'escoute vos discours,
Vous pouuez me parler & me voir tous les iours,
Vous resistez pourtant, & cette resistance
Fait voir ou vostre orgueil, ou mon peu de puissance.

BELISAIRE.

Dieux, qu'est-ce que i'entens? interdict & confus,
En l'estat où ie suis ie ne me connois plus,
Auecque ce discours, adorable Princesse,
Vous voulez esprouuer iusqu'où va ma foiblesse,

Mais que mon cœur icy ne vous soit pas suspect,
Pour auoir de l'orgueil il a trop de respect,
Et ie vous feray voir qu'il sçait trop se connoistre,
Pour esperer iamais la niepce de son maistre.

SOPHIE.

Ah! que ce feint respect est fatal à mon cœur,
Mais quoy, ta modestie importe à ta rigueur,
Et par ce faux pretexte aussi faux que visible,
Tu crois perdre les noms d'ingrat & d'insensible,
Mais bien loin d'effacer ces viles qualitez,
Le tiltre de perfide accroist tes lâchetez,
Ouy, ce tiltre t'est deu, desloyal, & sans blâme,
Tu ne peux que pour moy disposer de ton ame,
Puis qu'vn iour les effects te seront des témoins,
Que si tu l'as encor, tu la dois à mes soins,
Ouy, tu me dois ton cœur, ton honneur, & ta vie,
Car loin de consentir qu'elle te fust rauie,
Narsés en expirant sans doute a témoigné,
Comme pour ton salut ie n'ay rien épargné.
La mort est toutesfois le prix de ses seruices,
Le mépris auiourd'huy paye mes bons offices,
Et de deux ennemis coniurez contre toy,
L'vn a ton amitié, l'autre espere ta foy,
Et pour dernier effect de ton ingratitude,
Ce qui m'est desormais plus sensible & plus rude,

C'est

C'eſt que tu crois encor mon deſſein aſſez beau,
Si i'ay pour mon eſpoux vn traiſtre & ton bourreau.

BELISAIRE.

Hé, de grace, Madame, épargnez l'innocence,
Ses regrets ont aſſez expié ſon offenſe,
Et quelque ſentiment que voſtre Alteſſe ait eu,
Son crime meſme a fait éclater ſa vertu.

SOPHIE.

Apres ce qu'il a fait l'excuſez vous encore?

BELISAIRE.

Il vous aime.

SOPHIE.

L'innocent.

BELISAIRE.

De plus il vous adore,
Et ie croirois auoir trop de temerité,
De pretendre vn honneur qu'il a mieux merité,
Puis que ie ne ſçaurois ſans paroiſtre volage,
A vos rares beautez rendre vn fidele hommage.
Ne me blâmez donc pas, mais blâmez ſeulement

I.

La malice du Sort ou son aueuglement,
Qui nous trompe tous trois, ne contente personne,
Il luy refuse vn bien, vostre amour me le donne,
Moy, ie n'en puis ioüir.

SOPHIE.

Et luy l'espere en vain,
Helas de qui vous tuë adorez-vous la main?

BELISAIRE.

Cét iniuste reproche offense sa franchise,
Outre qu'ayant sur moy toute chose permise,
I'aimerois l'attentat quand il l'auroit commis,
Puis que la mort seroit vn don de mes amis.

SOPHIE.

Aueugle affection! bien, aime le perfide,
Aime vn lâche, vn ingrat, vn traistre, vn homicide,
Cette belle amitié te coustera le iour,
Et ta mort, desloyal, vangera mon amour.

BELISAIRE.

Reuocquez cét arrest, cruelle, inexorable,
Helas! vous me tuez m'estant trop fauorable,
Faueur injurieuse acheue icy tes coups,

Voila le plus sensible & plus rude de tous,
Me falloit il, Destins, viure apres mon naufrage,
Pour m'exposer encore à ce dernier orage ?
Quoy, mon cœur vous offense & ne peut languissant,
Ou viure en vostre grace, ou mourir innocent ?
O Dieux !

SOPHIE.

Demande leur vn enfer & des peines,
Ingrat.

BELISAIRE.

Escoutez moy.

SOPHIE.

Les attentes sont vaines,
Vn perfide iamais.

BELISAIRE.

ne fut pareil à moy,
Madame.

SOPHIE.
adieu.
BELISAIRE.
cruelle.
SOPHIE.
Importun laisse moy

I iij

BELISAIRE.

Vn mot, & puis mon cœur s'offre à vous satisfaire.

SOPHIE.

Hé bien, que diras-tu? Mais, Dieux, que veux tu faire?

BELISAIRE.

Pour la derniere fois contre moy vous seruir,
Et vous donner vn cœur qu'vn autre veut rauir,
Ma vertu vous déplaist, mon respect vous outrage,
Ie veux pour vous vanger employer mon courage,
Si ie vous dois le iour, ie vous le rends icy,
Vous demandez ma mort, i'obeïs, la voicy,
Tenez, prenez ce fer, contentez vostre enuie.
Frappez.

SOPHIE.

Non ie ferois trop d'honneur à ta vie,
Ce coup mal commencé demande vn autre bras,
Qui mieux que ma rigueur punira des ingrats. Elle sort.

BELISAIRE.

Hé bien, puisque ie suis indigne de la vostre,
Cruelle, i'attendray cette office d'vn autre,

Et quelque châtiment qui me soit ordonné,
Ie subiray l'arrest que vous aurez donné,
Mais quoy que contre nous sa rigueur puisse faire,
Iusqu'au dernier moment paroissons Belisaire,
Et puis que l'Empereur m'en donne le pouuoir,
Allons ranger ses gens sous les loix du deuoir,
Donner l'ordre à chacun, distribuer les armes,
Mettre dans les employs les plus braues gensd'armes,
Et monstrer que mon cœur aime mieux en ce iour
Perir des traits de Mars que de ceux de l'Amour.

SCENE III.

THEODORE, ISKIRION, DORISTEL.

THEODORE.

E' bien, perfide, ingrat,

ISKIRION.

Ah! Madame.

THEODORE.

Hé bien, traistre,

Apres m'auoir trahie oſes-tu bien paraiſtre ?
Beliſaire eſt viuant, il rit de mes fureurs,
Malgré tous ſes deſſeins il triomphe & ie meurs ;
Perfide eſt-ce donc là l'effect de ta promeſſe ?
Eſt-ce ainſi que ton bras t'acquiert vne Princeſſe ?
Sont-ce là les dangers que tu deuois courir,
Et comme ta valeur me deuoit ſecourir ?
Ouy, voila les effects que i'en deuois attendre,
Voila tous les deuoirs que tu me deuois rendre,
Voila comme tu vis, voila comme tu ſers,
Voila comme vn Riual eſt dedans les enfers,
Voila ce que tu fais pour meriter Sophie,
Voila ce grand courage à qui mon cœur ſe fie,
Voila ce noble coup que i'attendois de toy,
Bref voila ton amour, ton ardeur, & ta foy.
Tu medites en vain des excuſes friuoles,
On ne m'appaiſe pas auecque des paroles,
Il faut pour ſatisfaire à celles de mon rang,
Vn'Prince pour vn Prince, & le ſang pour le ſang.

ISKIRION.

Hé bien, aſſouuiſſez cette barbare enuie,
I'ay trahy vos deſſeins, arrachez moy la vie,
Tenez, me voila preſt, ſuiuez voſtre courroux,
C'eſt pour ce ſuiet ſeul que ie ſuis deuant vous,
Ne le differez point, voſtre injuſte colere,
Frappant Iſkirion, frappera Beliſaire,

Son ame vit en moy, mon ame vit en luy,
Mesme cœur, mesme esprit nous anime auiourd'huy,
De qui que le sang coule on le peut dire nostre,
La fortune de l'vn se communique à l'autre,
Et le Ciel fait en nous de si charmants accords,
Que vous frappez mon cœur si vous frappez mõ corps.

THEODORE.

Vous faites vanité de m'auoir outragée,
Mais vous serez punis, & ie seray vangée,
Allez, retirez-vous.

ISKIRION.

Ie baniray mon sort.
Si mon affection se preuue par ma mort.

SCENE IV.

THEODORE, DORISTEL.

THEODORE.

ENfin de quel moyen faut il que ie me serue ?
Doristel, c'est à toy que ce coup se reserue,
Si ton cœur est hardy tu me le feras voir,

Que ton bras aujourd'huy me rende ce devoir,
Est-ce de mon esprit ce soin qui m'importune,
Et par ce noble effect establis ta fortune.

DORISTEL.

Ouy, Madame, esperez de mon affection,
L'effect de vos desirs en cette occasion,
Ie vous dois obeïr, & mon ame hardie
Par la peur des dangers n'est i mais refroidie,
Belisaire est vaillant, mais sans faire le vain,
Son bras ne fut iamais plus fort que cette main,
Qui preste à vous seruir, vous vanger, & vous plaire,
Va tenter ce qu'vn Prince a refusé de faire.

THEODORE.

Va donc, ne laisse pas allentir cette ardeur.

DORISTEL.

En vain cét insolent se fie à sa grandeur,
Qu'il soit tousiours armé, qu'il soit invulnerable,
Qu'il fasse voir en tout vne force admirable,
Qu'il ait à son seruice & le Ciel & l'Enfer,
Qu'il ait pour sa defense & la flame & le fer,
Qu'il soit apprehendé comme vn foudre de guerre,
Que le bruit de son nom fasse trembler la terre,

Qu'il

Qu'il soit tousiours sans crainte au milieu des hazars,
Qu'il ait pour compagnons & la Fortune & Mars,
Rien ne se peut sauuer de l'effect de mes armes,
En son sang auiourd'huy vous payera de vos larmes.

THEODORE.

Va ne perds point de temps en discours superflus.

DORISTEL.

Croyez dés à present que l'ingrat ne vit plus.

SCENE V.

BELISAIRE.

POur vaincre les Persans & dompter leur audace,
Il leur faut exposer les escadrons de Trace,
   Et nostre corps d'armée estant assez puissant,
Pour enfermer le leur, le former en croissant.
Mon cher Iskirion conduira l'auant-garde,
Cét honneur plus que tous auiourd'huy le regarde,
Veu que rien ne l'oblige à cette occasion,
Que sa haute valeur & son affection.
Hydaspe & Doristel conduiront les deux aisles,

K

Ils sont tous deux hardis, vaillants, braues, fideles,
Leur émulation fera beaucoup d'effect,
Et dedans le milieu de ce cercle imparfaict,
Diophante tiendra quelques bandes moins fortes,
Pour attirer à nous leurs premieres cohortes.
Mais insensiblement mon œil trompe ma main,
Et ie cede au sommeil ie luy resiste en vain.

SCENE VI.

DORISTEL, BELISAIRE endormy.

DORISTEL.

Dieux! quel bonheur iamais fut au mien comparable,
Tout rit à mes desirs, & tout m'est fauorable,
Le sort qui ne veut pas m'obliger à demy,
M'a liuré Belisaire, & de plus, endormy,
Aduançons & faisons vn coup si necessaire,
Laissons icy la sœur & la place du frere,
Mais quel est ce papier, contentons nostre esprit,
Et voyons les secrets que contient cét escrit,
Lisons, Ordre des chefs pour conduire l'Armée,
Voyons quelle valeur est la plus estimée,
Et si depuis vingt ans que i'expose mon sang,

Parmy les plus hardis ie n'ay point quelque rang.
Hydaſpe & Doriſtel ſouſtiendront les deux aiſles,
Que vois-je? iuſtes Dieux, ils ſont tous deux fideles,
Fideles, tu le vois, pauure Prince, & iadis,
En mille occaſions ie fus ce que tu dis:
Mais l'aueugle Demon maintenant qui le guide
Me rend en ton endroict, lâche, ingrat, & perfide.
Perfide! ah, ce nom me donne de l'horreur,
Reconnois toy, mon cœur, deſarmes ta fureur.
Ayde moy, ma raiſon, & fay mieux ton office,
Retire mon honneur des bords du precipice,
Et malgré ma foibleſſe en vn pas ſi gliſſant,
Fay moy viure fidele & mourir innocent.
Ouy, quittons vn deſſein qui n'eſt pas legitime,
Ne recognoiſſons pas des bien-faicts par vn crime,
Et de la meſme main qui deſſeignoit ſa mort,
Redonnons luy le iour & meſme quand il dort.

SCENE VI.
BELISAIRE s'éueillant.

Nnemis de nos ſoins, amoureux du ſilence,
Qui des ſoins plus puiſſans calmez la violēce,
Doux-charmeur, n'es tu pas, ô ſommeil gra-
    cieux,
L'image du repos qu'on gouſte dans les Cieux?

Si les soins & les maux sont l'enfer où nous sommes,
On te doit bien nommer le paradis des hommes,
Que ce relâche est doux apres tant de soucy.
Mais quel est ce poignard, & qui l'a mis ainsi ?
Cet obiect me predict quelque triste aduenture,
Pour nous en éclaircir lisons cette escriture,
Dont les traits inconnus ne sont pas de ma main :
Si tu veux éuiter vn projet inhumain,
Prens garde à ta personne on en veut à ta vie.
Ah ! ie sçay d'où prouient cette barbare enuie,
Cruelle, & bien i'iray contenter ta rigueur,
Pour ce rare present tu demandes mon cœur,
Il faut que par vn trait d'obeissance extreme
Ma main te l'aille offrir & porter elle mesme.
Il te plaist, ie le veux, allons par cét effort
Euiter mille morts par vne seule mort.

Fin du quatriéme Acte.

ACTE V.
SCENE I.
BELISAIRE, DIOPHANTE.

BELISAIRE.

*V*A, que differes-tu? va mon cher Diophäte,
Va trouuer de ma par cette superbe Infäte,
Cette altiere Sophie en qui la cruauté,
Paroist incomparable ainsi que la beauté,
Dy luy que le trépas a pour moy tant de charmes,
Que tu as veu baiser ces fauorables armes,
Qui doiuent immoler vn Prince infortuné,
Aussi tost que ses yeux me l'auront ordonné,
Dy luy qu'il n'est plus rien dont l'appas me retienne,
Que i'aime ce poignard raui d'aise qu'il vienne
D'vn obiect si charmant; & qui me rendra vain,
S'il passe dans mon cœur d'vne si belle main,
Apres rends luy ce fer auecque cette lettre,
Puis obserue ses yeux, & tâche à reconnoistre,
Si quelque mouuement ou visible ou secret,
Ne témoignera point tant soit peu de regret.

Amy ſi tu peux voir que la pitié la touche,
S'il couſte ſeulement vn helas à ſa bouche,
Vn ſoüpir à ſon cœur, vne larme à ſes yeux,
Ie tiendray mon treſpas & iuſte & glorieux,
Et mon ombre là bas heureuſement rauie,
N'aura point de regret d'auoir quitté la vie.

DIOPHANTE.

Quel deſeſpoir, Seigneur, vous reduit en ce poinct?

BELISAIRE.

Sers moy, cher Diophante, & ne t'affliges point,
Imite mon reſpect, i'obeis, fais de meſmes,
On ſert aueuglément les perſonnes qu'on aime,
Ne differes donc point d'obeïr à mes vœux.

DIOPHANTE.

Quel office d'amour?

BELISAIRE.

C'eſt le ſeul que ie veux.

DIOPHANTE.

Et bien, i'obeïray.

BELISAIRE.

Va, Belle AmalaZonthe,

Dont la haute vertu me captiue & me dompte,
Apprens par tous ces maux que ie souffre pour toy,
Ton pouuoir, mon amour, ta rigueur, & ma foy,
Puis que ny les tourments, ny le fer, ny la flame
Ne sçauroient arracher ton portraict de mon ame.

SCENE II.

THEODORE.

IL vit, tout le malheur est tombé dessus nous,
I'ay fait vn attentat, mais i'en reçois les coups,
Ma honte & mon honneur ont ma hayne suiuie,
Sa mort me faisoit viure & ie meurs en sa vie,
Ie suis dedans l'orage, il est hors du danger,
Et mesme par le bras qui me deuoit vanger.
O Dieux, tout est rebelle & traistre à mon courage,
Ie n'ay plus de moyens qui secondent ma rage,
Elle n'oseroit plus se fier qu'à ma main,
Hors de moy rien ne m'aide & tout secours est vain,
Belisaire me braue, & pourtant on le souffre,
Ie croy qu'il trouueroit du bon-heur dans vn gouffre,
Et que les trahisons qu'on trame contre luy,
Succedent à ses vœux & luy seruent d'appuy.
Il ne faut pas pourtant que l'affront m'en demeure,
I'y suis trop engagée, il faut, il faut qu'il meure,

Et qu'il apprenne enfin par vn dernier effort,
Que ma haine icy bas est autant que la mort.
Mais que veut Diophante, & que tient là Sophie?

SCENE III.

SOPHIE, DIOPHANTE, THEODORE.

SOPHIE tenant vne lettre ouuerte.

H, quelle ingratitude & quelle perfidie!

THEODORE.

Ma niepce qu'auez-vous qui vous trouble si fort?

SOPHIE.

L'horreur d'vne action que l'on m'impute à tort,
Oyez, voyez, lisez, & iugez tout ensemble.

THEODORE.

Dieux! mon cœur est en feux, & pourtant ma main
tremble,
Dissimulez mes yeux, ne me trahissez pas,

'Mais

Mais lisez en riant l'arrest de mon trespas.

Lettre de Belisaire à Sophie.

Rigoureuse Princesse à qui i'ay pû déplaire,
Ie renuoye à vos yeux, à present de vos mains,
Leurs traits sont assez inhumains,
Et pour m'oster la vie, & pour vous satisfaire,
    Toutesfois si vostre rigueur,
    A deliberé que mon cœur,
Vous serue par ce fer de sanglante victime,
Ie suis prest d'obeir, le coup me semble beau :
    Mais comme l'amour est mon crime,
Qu'vne fiere beauté soit aussi mon bourreau.

BELISAIRE.

Ah, vraymant pour vn Prince modeste,
Son insolence icy se rend bien manifeste,
Puis qu'à lors que ses vœux ne sont pas satisfaits,
Le dépit aussi tost le porte à ces effects.
Approchez, mon amy, dites à vostre maistre,
Que Sophie est Princesse, & qu'il doit reconnoistre,
Que celles de son sang & de sa qualité,
Ont beaucoup de clemence & peu de cruauté,
Puis que sans s'arrester à son extrauagance,
Elles peuuent souffrir ce traict qui les offense,
Allez, retirez-vous.

L

DIOPHANTE.

Ah, madame, en ce poinct.

THEODORE.

Fay ce que ie commande, & ne replique point.

DIOPHANTE.

I'obeis.

✿❀✿❀✿❀✿❀✿❀✿❀✿❀✿❀✿❀✿❀✿❀

SCENE IV.
THEODORE, SOPHIE.

THEODORE.

Ous, Sophie, apres vn tel outrage,
SereZ-vous sans raison ainsi que sans courage?
Voila, voila le fruict & le prix de vos vœux,
O le parfaict amant!

SOPHIE.

Mais qu'il est malheureux!
O Dieux, que dois-je faire apres ce coup de foudre?

THEODORE.

Le quitter.

SOPHIE.

O Deſtins !

THEODORE.

                    Il vous y faut reſoudre,
Et pour y mieux ſonger retirez-vous d'icy.

SOPHIE.

Finiſſez, Dieux cruels, ma vie & mon ſoucy.

SCENE V.

THEODORE.

Nfin c'eſt maintenant, ſuperbe Beliſaire,
Que tu ne ſçaurois plus euiter ma colere,
Il faut, il faut mourir, l'arreſt en eſt dreſſé,
Cette lettre le porte, & ie l'ay prononcé,
Ta maiſtreſſe elle-meſme, & icy ma complice,

Et me laiſſant ce fer approuue ton ſupplice,
Acheue donc ma main vn coup mal commencé,
Qu'vn crime vange vn cœur par vn crime offensé,
Vne lâche action en veut vne pareille,
Son deſeſpoir l'attent, ma fureur le conſeille,
Et ſon mépris me porte à cette paſſion:
Mais que veut l'Empereur, & quelle occaſion
Le fait venir icy, confus, triſte, & ſans ſuitte?

SCENE VI.

THEODORE, IVSTINIAN, Vn Garde.

IVSTINIAN parlant au Garde à la porte.

V'autre perſonne icy ne nous ſoit introduite.

THEODORE à part.

Ie lis dedans ſes yeux quelque deſſein caché,
Ie tremble & ſens au cœur vn poiſon attaché,
Ma veuë eſt égarée, & ma voix eſt peſante,
Raſſeurons nous pourtant; Quel ſoucy vous tour-
    mente,
Seigneur? & quel ſuiet vous altere ſi fort?

IVSTINIAN.

Vn malheur que ie crains à l'égal de la mort.

THEODORE.

O Dieux ! & quel malheur ? ie suis toute interdite.

IVSTINIAN.

Helas !

THEODORE.

Quoy donc, Seigneur ?

IVSTINIAN.

Belisaire nous quitte,
Et toute la grandeur dont i'éclate auiourd'huy,
Par ce triste accident me quitte auecque luy.

THEODORE.

Ah, vous vous faites tort, cette grandeur supréme,
Qui maintient vos Estats subsiste par vous méme,
Le Ciel pour ses faueurs n'a que vous pour obiet,
Et vous ne tenez point vostre éclat d'vn sujet.

IVSTINIAN.

Non, mais en le perdant.

BELISAIRE,

THEODORE.

Vous perdez peu de chose,
Et l'effect vous plaira quand vous sçaurez la cause,
Sçauez vous le sujet qui l'a fait retirer?

IVSTINIAN.

C'est ce que ie n'ay pû luy faire declarer,
Mais pour vne raison importante & secrette,
Ce Prince m'a prié d'agreer sa retraite.

THEODORE.

Consentez y, Seigneur, & vous ferez beaucoup.

IVSTINIAN.

Pourquoy?

THEODORE.

C'est trop se taire, enfin c'est à ce coup,
Qu'il vous faut détromper, & vous faire connoistre,
Que Belisaire,

IVSTINIAN.

O Dieux!

THEODORE.

Ouy, Seigneur, vous est traistre,

Et c'est pour ce suiet qu'il veut quitter la Cour,
Tenez, voyez son crime en voyant son amour.

IVSTINIAN.

Ie n'en sçaurois douter, voila son escriture.

THEODORE.

Et voicy qui sçaura témoigner son injure,
Ouy, pour vous témoigner combien i'y prens de part,
Ie le vay saluer de vingt coups de poignard,
Ma main de cét affront iustement animée
Sçaura trouuer son cœur au cœur de vostre armée,
Ma mort suiura de prés cette temerité,
Mais le perfide aura ce qu'il a merité.

IVSTINIAN.

Moderez ce transport, si l'ingrat est coupable,
Vous le feriez perir d'vn coup trop honnorable,
Les traistres n'ont iamais des supplices si doux,
Vn bourreau fera mieux cét office que vous.
Hola, Gardes, à moy, que vostre Capitaine,
Vienne tost me trouuer dans la chambre prochaine,
Pour receuoir mon ordre & mes commandemens.
Vous verrez ma iustice & mes ressentimens,
Mais auant que la foudre éclate sur sa teste,
Il faut premierement que Pyrandre l'arreste. Iustinian
sort.

SCENE VII.

THEODORE seule.

Ourage, tout va bien, il n'en peut échaper,
Et le traict de la mort est prest à le fraper :
Mais auant que la Parque ait acheué sa peine,
Examinons vn peu la cause de ma haine,
Ie l'aimois autresfois, ie le hais aujourd'huy,
D'où vient l'auersion que mon cœur a pour luy ?
Il est tousiours charmant, il est tousiours luy-méme,
Et malgré ma fureur ie sens bien que ie l'aime,
Ses belles qualitez regnent sur mes esprits,
Mais, helas! ie ne puis endurer ses mépris
Cette seule raison me rend son aduersaire,
Il est mon ennemy, mais il est Belisaire,
Ah, desordre confus de mes pensers errans,
Où se termineront ces desseins differents,
Ie deteste son nom, ie le hay, ie l'abhorre,
Ie le fuis, ie le crains, & si ie l'aime encore,
Ie sens mon feu s'éteindre, & puis se rallumer,
Ie ne le puis hayr, ie ne le puis aimer,
La fureur me saisit, puis elle m'abandonne,
Tantost ie le condamne, apres ie luy pardonne,
Ie cherche tout ensemble, & ie crains son trépas,

Et

Et quand ma main le peut mon cœur ne le veut pas.
Acheuons toutesfois & cessons cét orage,
Mettons le dans le port, ou faisons son naufrage,
Puis qu'il est innocent espargnons sa vertu,
Aimons les qualitez dont il est reuestu,
Mais que par ce discours mon ame est abusée,
C'est par cette vertu que ie suis mesprisée,
Ce sont ces qualitez qui troublent mon repos,
Qu'il meure donc, qu'il meure, il est plus à propos,
Puis que pour estoufer le regret qui me tuë,
Qu'il meure, & pour ne point me vanger à demy,
Perdons d'vn méme coup & l'amant & l'amy.
Ouy, perdons les tous deux, ie dois estre obeïe,
L'amant m'a méprisé, & l'amy m'a trahie,
Tous deux égalemment ont osé m'outrager,
Faisons voir à tous deux que ie me sçais vanger,
Et que me negliger ou que me contredire,
Est pis que de choquer ny l'Estat ny l'Empire.

M

SCENE VIII

SOPHIE, ISKIRION.

SOPHIE.

Uy, Madame, il importe au bien de vos amours,
De prester à ce Prince vn vtile secours,
Iusqu'icy le respect a regné dans son ame,
Faites y succeder vne immortelle flame,
Et tirez de son cœur par obligation,
Ce qu'vn autre a rauy par son affection,
I'en ay dit les moyens, forcez voltre courage,
Et son succez, madame, appaisera l'orage,
Qu'vne injuste vengeance excite en cette Cour,
Et par eux vous verrez, triompher voltre amour,
Ouy, Madame, ce coup fait le salut d'vn Prince,
D'vn malheur euident sauue cette prouince,
Et retire des fers vn miserable amant,
Qui n'est point criminel que d'estre trop charmant.
C'est ainsi que sans crime on peut estre infidele,
Et la discretion est icy criminelle,
Allons donc le trouuer, allons le secourir,
Et mesme s'il se peut le sauuer, ou mourir.

SOPHIE.

Allons, puis que ce mal veut vn remede extreme,
En cette occasion ie me vaincray moy-méme,
Ie suiuray vos conseils, & par cette action,
I'exciteray l'amour, ou la compassion.

SCENE IX.

SOPHIE, ISKIRION, PIRANDRE.

SOPHIE.

 *Ntrons.*

PIRANDRE.

Arrestez-le, que voulez-vous ?

SOPHIE.

Pirandre,
Est-ce là le respect que vous me deuez rendre ?
Ne vous informez point, ie sçay vostre deuoir,
Et vous ne deuez pas ignorer mon pouuoir.

M ij

PIRANDRE.

Mais l'Empereur me fait vne expresse defense.

SOPHIE.

Va, mon authorité de ce soin te dispense,
Tu retardes icy par vn fâcheux debat,
Le salut de mon oncle & celuy de l'Estat.
Ne sois pas en soucy de ce que ie vay faire,
Ie te suis caution de toute cette affaire,
Et ma foy t'en promet d'agreables effects.

PYRANDRE.

Ah, Madame, en ce cas i'obeis & me tais.

SCENE X.

SOPHIE, ISKIRION, BELISAIRE dans la prison.

ISKIRION.

My, leue les yeux, contemple ce visage,
Et croy que son abord t'est vn heureux presage,
Puis que le seul dessein qui nous amene icy,
Est de te retirer de crainte & de soucy.
Voy cét Astre Diuin qui doit finir ta peine,
Sophie est tousiours belle & iamais inhumaine,
C'est elle qui te doit retirer de ces fers,
Si tu te rens à ceux que ses yeux t'ont offerts.

BELISAIRE.

Il est vray, cher amy, que parmy mes desastres,
Ie n'eusse iamais creu qu'on veit icy des Astres,
Aussi quand leur éclat a paru dans ces lieux,
Saisi d'étonnement ay-ie baissé les yeux,
Mais ie respire à peine apres tant de merueilles,
Qu'vne autre illusion enchante mes oreilles,
Et qu'vn charme puissant que forment vos discours

Flatte mon defeſpoir d'vn friuole ſecours.

SOPHIE.

Non, non, ſa voix n'a point voſtre oreille abuſée,
Ce que fit Ariadne autresfois pour Theſée,
Ie le feray pour vous s'il ſe peut auiourd'huy,
Sans pretendre de vous ce qu'on vouloit de luy.
Ouy, mon Prince, ie veux vous tirer des tenebres,
Et donner à vos yeux des obiects moins funebres,
Ie veux rompre vos fers, vous redonner le iour,
Et me ſacrifier au bien de voſtre amour.

BELISAIRE.

Eſt-ce pour eſprouuer beaux yeux trop pitoyables,
Si quelque vanité trouble les miſerables,
Ou bien ſi dans l'eſtat où m'a reduit le ſort,
Ie puis encore auoir l'eſperance du Port,
Non, non, d'vn front égal & d'vn courage ferme
I'attens de mon treſpas le déplorable terme,
Ie ne crains pas la mort, car ie meurs chaque iour,
Et i'eſpere en mourant d'y vanger voſtre amour.

SOPHIE.

Non, non, viuez pluſtoſt, ie veux pour voſtre gloire,
Changer voſtre échafaut en vn champ de victoire,

Mais nous perdons du temps, mon Prince il faut
 partir.

BELISAIRE.

Ah, ne me ioüez pas, le moyen de sortir,
Ce chasteau n'a-t'il plus de gardes ny de portes?

ISKIRION.

Vn charme tout nouueau t'ouurira les plus fortes,
Et i'en prendray le soin de conduire tes pas,
Hors de ce labyrinthe où regne le trépas,
Escoute seulement ce qu'il faut que tu fasses,
Si tu veux que le Ciel finisse tes disgraces.

BELISAIRE.

Ie suis prest d'obeir à vos commandemens.

SOPHIE.

Il faut vous traueftir soubs mes habillemens,
Et de peur de donner aux Gardes de l'ombrage,
D'vn voile adroitement vous couurir le visage,
Pour moy soubs vn habit au vostre tout pareil
Ie veux rester icy.

BELISAIRE.
C'est donc là le conseil,

Qui me doit aujourd'huy retirer du naufrage,
Ah ! laiſſez Beliſaire il a trop de courage,
Pour vouloir mandier par vne lâcheté,
Vne honteuſe vie, ou bien ſa liberté,
Ce coupable deſſein perdroit mon innocence,
Et ma fuitte ſeroit vn adueu de l'offenſe.

SOPHIE.

Ie vous donneray lieu de vous iuſtifier,
Mais pour vn peu de temps forcez ce cœur altier,
A vos iuſtes deſirs monſtrez-vous moins rebelle,
Puis que l'occaſion s'en preſente ſi belle,
Pour euiter l'affront d'vn trépas rigoureux,
Il ſied bien quelquefois d'eſtre moins genereux.
Ceſſez donc. Iuſtes Dieux !

La Sophie
veut oſter
les fers à
Beliſ.

SCENE

SCENE XI.

THEODORE, SOPHIE, ISKIRION, BELISAIRE.

THEODORE.

Quelle est cette entreprise ?
Que faites-vous, Sophie ?

ISKIRION.

O fatale surprise !

SOPHIE.

Malheureuse.

THEODORE.

Ie sçay ce qui vous mene icy,
Tirez-vous à l'écart ie prendray ce soucy.
Pour vous demeurez-là vous m'estes necessaire, À Iskir.
Ie vous veux enseigner ce que vous deuez faire,
Et puis lors que i'auray contenté mon courroux,

N

Vous verrez ce qu'il a deliberé pour vous.
Orgueilleux, voy ton sort, regarde cette lame,
Et par ce coup apprens.

ISKIRION luy retenant le bras.

Que faites-vous, Madame?

THEODORE.

Insolent, oses-tu trauerser mon dessein?

ISKIRION.

Ah! quittez ce poignard, ou m'en percez le sein.

BELISAIRE.

Mon cœur est son obiect, qu'il épargne le vostre.

THEODORE.

Il doit à mon courroux immoler l'vn & l'autre.

SOPHIE.

Helas!

BELISAIRE.

Prenez mon sang & épargnez le sien.

ISKIRION.

Il est bien mal aisé qu'il coule sans le mien,
Tenez, frappez, Madame.

SOPHIE.

Honnorable dispute.

BELISAIRE.

Laisse agir sa fureur, c'est pour moy qu'elle bute,
Souffre, cruel amy, qu'elle acheue mon sort,
L'estat où tu me vois est bien pis que la mort,
Et ie seray content qu'elle m'oste la vie,
Pour me recompenser de l'auoir bien seruie.

THEODORE.

De m'auoir bien seruie? insolent, que dis-tu?
Ouy, si l'ambition estoit vne vertu,
Si l'orgueil, le mépris, & tous les autres vices,
Par tout, comme chez toy, passoient pour bons offices.
Supplice de mes yeux crois-tu bien me seruir,
Quand tu defens vn bien que tu me veux rauir?
Crois-tu bien me seruir quand par ton arrogance
Tu méprises mes vœux, mes faueurs, ma puissance?
Et veux-tu que ie sois redeuable à tes soins,

N ij

'Parce que ie suis celle où tu penses le moins ?
Ouy, lors que tu te ris de mon ame asseruie,
Tu crois encor, ingrat, m'auoir trop bien seruie.

BELISAIRE.

A quoy bon ce reproche & tout ce vain discours,
Puis que vostre dessein est de finir mes iours ?
Acheuez, Theodore, acheuez vostre ouurage,
Ce cœur ne tremble point pour vn si foible orage,
Vous ne l'auez pû voir amoureux ny brûlant;
Il faut que desormais vous l'ayez tout sanglant.

THEODORE.

Ouy, mais auparauant que ie t'oste la vie,
Ie veux sçauoir, ingrat, en quoy tu m'as seruie.

BELISAIRE.

Ah ! ne m'obligez pas de vous entretenir
D'vn si triste, si lâche, & honteux souuenir,
D'vn si fâcheux effect dispensez ma memoire,
Si vous ne m'épargnez, épargnez vostre gloire,
Et ne permettez pas que ie publie icy
Ce qui fait vostre honte & mon malheur aussi,
Puis qu'il vous plaist pourtant contentons nostre e
Ne vous ay-je donc pas fidelement seruie ?
Quand voyant vostre cœur lâchement abattu,

I'ay fait sur vos desirs regner vostre vertu ?
N'ay-ie rien fait pour vous, quand malgré tous vos
    charmes,
La raison contre moy m'a fait rendre les armes,
Et sans se preualoir de vostre aueuglement,
A fait contre vos vœux agir mon jugement ?
Ah, reconnoissez-vous, & songez, Theodore,
Loin de vous mépriser, combien je vous honnore,
Puis que sans écouter mon amour suborneur,
I'ay perdu mes plaisirs pour sauuer vostre honneur :
Que vous ay-je donc fait qui cause vostre naine,
Que vous ay-ie donc fait qui cause vostre haine,
Ie fus respectueux, vous estes inhumaine,
I'ay souffert tout l'orage & vous ay mise au port,
Et c'est pour ce suiet que vous voulez ma mort.

THEODORE.

Ta mort ? ah ! la raison veut icy le contraire,
Vis heureux, i'y consens, triomphe Belisaire,
Triomphe, ta vertu qui te rend mon vainqueur,
M'oste le fer des mains & la haine du cœur.
Ostons luy les liens.

SOPHIE.

Ah ! mon Prince.

BELISAIRE.

Ah ! Madame,

En deliurant mon corps vous captiuez mon ame,
Et la méme pitié dont ie voy les effects,
S'offense des liens que vous auez défaicts,
Madame vangez-vous de mon ingratitude,
Sur ce cœur insensible à vostre inquietude;
Qu'il meure, cét ingrat, de honte & de regret,
Tirez-le, ie le sens qui se flate en secret;
R'appellant de vos feux l'agreable memoire,
Il veut mourir d'amour, qu'il n'en ait pas la gloire,
Son supplice seroit trop doux & trop charmant,
Il doit mourir en traistre & non pas en amant,
Puis que la main des Dieux vous ayant fait si belle,
L'ingrat a pû vous voir & vous estre rebelle,
Pardonnez luy beaux yeux si charmans & si doux,
Ie demande sa grace & l'attens à genoux.

SOPHIE.

Quelle grace?

BELISAIRE.

L'Amour.

SOPHIE.

.A ce mot ie soûpire,
Ses vœux sont mes souhaits; on me porte où i'aspire :

Mon Prince, leuez vous parmy tant d'actions,
N'adiouſtez pas ma honte à vos perfections,
Puis-je voir à mes pieds celuy qui me ſurmonte ?
Faut-il que ie rougiſſe & d'amour & de honte ?
Qu'vn autre Eſtat demande & reçoiue mon cœur.

BELISAIRE.

C'eſt ainſi que ie dois receuoir mon vainqueur.

ISKIRION.

Que cét effect, Amour, éterniſe ta gloire.

THEODORE.

C'eſt trop ſe diſputer l'honneur de la victoire,
Il nous faut de ce pas aller vers l'Empereur,
Appaiſer ſon courroux & le tirer d'erreur,
I'ay ſoufleué les flots calmans en la tempeſte,
Suiuez moy ſeulement, & ie feray le reſte.

SCENE XII.

IVSTINIAN, VITIGEZ, AMALAZONTHE.

VITIGEZ.

*Vant que d'en venir à l'extreme rigueur,*
Grand Prince ayez égard aux traits de sa va-
leur.

IVSTINIAN.

Ah! ie ne puis souffrir l'impunité d'vn crime,
Qui destruit mon honneur & tache mon estime,
Ie l'auois fait trop grand, il s'est trop oublié.

VITIGEZ.

La prison & ses fers l'auront humilié,
Pardonnez luy, Seigneur.

IVSTINIAN.

       Ah! l'ingrat, ah! le traistre,
Oser insolemment se iouer à son maistre?

Ah!

Ah! ie ne puis souffrir cette temerité.

AMALAZONTHE.

Hé, Seigneur, consultez vn peu voſtre bonté,
Elle parle pour luy.

IVSTINIAN.

Ie ne m'y puis reſoudre.

VITIGEZ.

Que voſtre Majeſté retienne vn peu la foudre,
Qui menace ſon chef d'vn malheur infiny,
Perdant voſtre faueur il eſt aſſez puny.

IVSTINIAN.

Ah! ie l'ay trop aimé ce ieune temeraire,
En cette occaſion mon cœur que dois-je faire,
L'vn émeut mon courroux, l'autre me fait pitié,
Ses ſeruices paſſez m'inſpirent la clemence,
Et ſon crime preſent aigrit ma violence,
Et ie crains iuſtement en cette extremité,
De manquer de prudence ayant trop de bonté,
Perdre auſſi ce que i'aime & dont le grand courage
A ſauué mes Eſtats d'vn viſible naufrage,
Vn Prince genereux, vn ſeruiteur ardent,

O

Vn sujet nompareil, noble, mais imprudent,
Belisaire, en vn mot, ah! c'est vne personne,
Que ie puis balancer auec vne couronne,
Que resoudray-ie donc? mais qu'est-ce que ie voy?
Theodore, bons Dieux! l'ameine deuant moy,
Ce procedé nouueau rend mon ame confuse.

SCENE derniere.

IVSTINIAN, VITIGEZ, AMA-LAZONTHE, THEODORE, ISKIRION, SOPHIE, BELISAIRE, PYRANDRE.

THEODORE.

L est temps de quitter l'erreur qui vous abuse,
Seigneur, i'ay découuert par vn heureux effect,
L'innocence & la foy de ce Prince parfait.
Ouy, croyez moy, Seigneur, il fut tousiours fidele,
Il ne brûla iamais d'vne àmour criminelle,
Et cét object à qui s'adressoit son écrit,
Peut ainsi que le mien éclaircir vostre esprit:
C'est pour luy seulement qu'il soûpire & qu'il brûle,

Sa main trompe mes yeux & ie fus trop credule,
De me persuader que sa temerité
M'adreßât cét écrit qui me fu presenté.
Mais ce qui l'accusoit icy le iustifie,
Et ie connois assez qu'il estoit pour Sophie,
Puis qu'elle méme enfin m'a fait vn noble adueu,
Qu'elle auoit excité l'ardeur d'vn si beau feu,
Et que les qualitez d'vn si braue courage,
Meritoient.

IVSTINIAN.

C'est assez, n'en dy pas d'auantage,
La vertu que ie vois sur ce front genereux,
Monstre son innocence en l'obiet de ses vœux,
Et mon cœur est raui qu'vne si belle flame
En faueur de Sophie ait embrasé son ame,
Mais i'ay bien du regret qu'en cette occasion
Ie ne puisse respondre à son affection,
Pour ne pas rendre vain le voyage d'vn Prince,
Que cét espoir retient dedans cette prouince,
Et qui m'a témoigné que pour le meriter
Il donneroit son sang.

ISKIRION.

Il n'en faut pas douter,
Ouy, Seigneur, ie l'attens, & ie vous la demande.

O ij

IVSTINIAN.

Vous l'aurez.

THEODORE.

Que dit-il ?

SOPHIE.

O Dieux que i'apprehende !

ISKIRION.

Grand Prince souffrez, donc que cét obiect charmant,
Reçoiue deuant vous le cœur de son amant.

IVSTINIAN.

I'y consens.

ISKIRION.

Ma Princesse en ce bon-heur extreme,
Vous donnant ce Guerrier ie me donne moy-méme,
Il possede mon cœur, ce qui luy plaist m'est doux,
Donnez-vous toute à luy ie seray toute à vous,
Mes seruices auront vn illustre salaire,
Si vous reconnoissez les vœux de Belisaire,
Ce qui fait son bon-heur sera le mien aussy,
Et c'est le seul espoir qui me retient icy,
Consentez, grand Monarque, à cette illustre enuie.

IVSTINIAN.

S'il vous plaist, ie le veux.

SOPHIE.

Cét espoir est ma vie.

ISKIRION à Belisaire.

Et vous ?

BELISAIRE.

En ce bon-heur où ie reste confus,
I'obeïray, Seigneur, ne pouuant faire plus,
Mais i'aduoüeray tousiours tenir cét aduantage
Des bontez de Sophie & de vostre courage.

ISKIRION.

Vostre merite seul fait vos felicitez,
Seigneur.

BELISAIRE.

Tréue de grace a ces ciuilitez,
Ie suis assez vaincu par vostre bien-veillance,
Sans que vous m'attaquiez auec vostre eloquence,
Vous voulez m'attaquer à force de bien-faicts :
Mais pour recompenser tant de nobles effects,
Mon cher Iskirion, enfin que dois-je faire ?

ISKIRION.

Permettre que mon cœur soit tout à Belisaire,
Et par vn zele ardent que ie monstre en ce iour,
Qu'il est des amitiez plus fortes que l'amour.

VITIGEZ.

Illustres sentimens d'vne ame genereuse !

AMALAZONTHE.

Par ce charmant accord qu'ils me rendent heureuse.

IVSTINIAN.

Venez, approchez-vous ; Que les deux Souuerains
Puissent ioindre vos cœurs comme ie ioins vos mains.

BELISAIRE.

Puissent les immortels par cette grace insigne,
Et cét extreme honneur dont ie me sens indigne,
Répandre tous les iours sur vostre Majesté
Mille torrents de gloire, & de prosperité.

SOPHIE.

Puissent les Dieux puissans ainsi que ie desire,
Aux deux bouts de la terre estendre vostre Empire,

Et puiſſe eſtre aux humains voſtre regne auſſi doux,
Que le ſeruage heureux que ie reçois de vous.

BELISAIRE.

Voyez, Amalazonthe, où le ſort me deſtine.

AMALAZONTHE.

A la poſſeſſion d'vne beauté diuine,
Qui prenant ſur voſtre ame vn plus iuſte pouuoir,
Vous oſte vn vain amour, & me rend mon eſpoir.

IVSTINIAN.

Suiuez donc cét eſpoir que voſtre amour vous donne,
Vitigés a pour vous hazardé ſa couronne,
Il a tout fait pour vous, vous faites tout pour luy,
Et ſouffrez que ſon cœur vous poſſede aujourd'huy,
Vous l'auez mis aux fers, qu'il y mette voſtre ame,
Que voſtre peine ſoit vne commune flame,
Et qu'Amour & l'Hymen ces aimables Tyrans,
Soient les executeurs de l'Arreſt que ie rens.

VITIGEZ.

Douce punition! agreable ſentence!
AMALAZONTHE.
Que i'adore les loix d'vne telle ordonnance!

IVSTINIAN.

Enfin cét heureux iour si long temps differé,
Est venu quand mon cœur l'auoit moins esperé,
Et lors que ie prenois le bandeau de Iustice,
Ie pense que l'Amour par vn plaisant caprice,
A déuoilé mes yeux de ce funeste atour,
Et remis en sa place vn bandeau de l'Amour.
Enfin ce petit Dieu qui causoit nos tempestes,
A luy méme éloigné l'orage de nos testes,
Et le mesme pouuoir que ie craignois si fort,
Loin de nous abysmer nous a mis dans le port.

FIN.

www.ingramcontent.com/pod-product-compliance
Lightning Source LLC
Chambersburg PA
CBHW060830250626
47162CB00005B/2010